सम्भवत प्रेम

(कहानी संग्रह)

मीना कौशल

दिल्ली-110089, (भारत)

संस्करण : 2020
ISBN : 978-93-899842-3-1

प्रखर गूँज पब्लिकेशन
एच-3/2, सेक्टर-18, रोहिणी, दिल्ली-110089
दूरभाष : 7982710571, 7838505899, 011-27851059

प्रथम संस्करण : 2020

आवरण : दुर्गाप्रसाद

'सम्भवत प्रेम' (कहानी संग्रह)
मीना कौशल

Sambhawat Prem (Kahani Sangrah)
By : **Meena Kaushal**

Published by
PRAKHAR GOONJ PUBLICATION
Delhi - 110089
E-mail : prakhargoonj@gmail.com
sinha.neelu123@gmail.com
011-27851059, 7982710571, 7838505899

क्रम तालिका

मीना कौशल

साईकिल

टूटी हुई साईकिल को कबाड़ में बेचने का परिवार का फैसला स्मृति को अच्छा नहीं लगा। लगता भी क्यों भला, उनके लिये तो वह कबाड़ भर थी, लेकिन उसके लिये, उसके लिये तो मानो उसकी टीन ऐज की यादों को संजोये दर्पण थी। जब नौवीं में पहली बार उसके सम्मानजनक नम्बर आये तब पापा ने उसे यह साईकिल दिलायी थी, वो बात अलग है कि इसे पाने के लिये उसे अपनी गुल्लक की जमा पूँजी भी खर्च करनी पड़ी थी। पापा ने ही पहली बार उसे साईकिल पर चढ़ाया था, किंतु कई प्रयासों के बाद बावजूद भी स्मृति उसे स्वतंत्र रूप से नहीं चला पा रही थी। पापा पीछे बैठ कर साईकिल को नियंत्रित करते थे तब तक तो उसे बहुत मजा आता था, पर जैसे ही पापा हाथ छोड़ते यूँ मालूम होता जैसे साईकिल नहीं कोई साँप जख्मी होकर अपने बिल में दौड़ पड़ा हो। भय से उसका दिल बल्लियों उछलने लगता। स्मृति का साँवला चेहरा पसीनों नहा उठता।

घर पहुँचते ही माँ पापा पर बिगड़ने लगती

"चले हैं फूल कुमारी को हवाई जहाज सिखाने। मैं कहती हूँ इस सब में इसका नाक मुँह टूट गया तो कौन सा राजकुमार ब्याहेगा तुम्हारी शहजादी को? वैसे भी भगवान ने बहुत मलूक बनाया है इसे"

माँ का यह कटाक्ष मेरे रंग को ले कर होता था। हम तीन भाई बहनों में से दो भाई अजय, विजय माँ के रंग पर गये थे, गोरे चिट्टे और मैं पापा की भाँति थोड़े पक्के रंग पर गयी थी जिसकी वजह से माँ को दादी ने बहुत सुनाया था, उस पर पढ़ाई में भी मैं कुछ खास नहीं थी।इतना सब सुनने के बाद पापा का मुझ पर रहा सहा विश्वास भी डगमगाता जाता। साईकिल चलाते वक्त वो मुझे पल

भर भी अकेला नहीं छोड़ते। लेकिन मैं जान गई कि डर कुछ देता नहीं, सब हर लेता है। मैं खुले आसमान में उड़ना चाहती थी। अपने भाईयों से भी बेहतर साईकिल चलाना चाहती थी और इसलिये मैंने एक नया विकल्प ढूँढा। माँ बहुत धार्मिक महिला थी। मुहल्ले की महिला मंडली में उनकी बहुत धाक थी। मजाल है कि उनके बिना कोई भी कीर्तन, हवन या कोई धार्मिक काम हो पाता। नई क्लास में आने के बाद गर्मियों की छुट्टियाँ पड़ गई थी। दोपहर को दोनों भाई ट्यूशन में, पापा ऑफिस में और माँ पड़ोस में होने वाले धार्मिक कार्यों में जाती तो मैं चुपके से साईकिल लेकर भरी दोपहर निकल पड़ती और सबके वापस आने से पहले घर में आकर यूँ सो जाती मानो कुछ हुआ ही न हो। धीरे–धीरे ही सही मैं साईकिल साधना सीख गयी थी। उस दौरान लगी हुई चोटों को मैं बहुत चतुराई से छुपा लिया करती थी फिर वो एक दिन आया जो मेरे जीवन का अमिट दृश्य बन गया। मैं पूरे वेग से साईकिल चला रही थी तभी सामने से साईकिल पर ही एक हमउम्र लड़का भी आ रहा था। हम दोनों ने उस टक्कर को टालने की हर संभव कोशिश की किंतु शायद वह टक्कर अवश्यभावी थी। दोनों ही बुरी तरह टकराए और सड़क पर जा गिरे।

"देख कर नहीं चल सकती" (किशोर ने कहा) पर मुझे तो कुछ सूझ ही नहीं रहा था इसलिये मैं उसके ही कहे हुए वाक्यों को दोहराती चली गई।"

"तुम देख कर नहीं चल सकते"

"तुम अंधी हो क्या?"

"तुम अंधे हो क्या? "

"बड़ी बदतमीज हो "

"तुम बड़े बदतमीज हो" (गुस्से में तमतमाये हुए)

"तुम मुझे रिपीट क्यों कर रही हो"

"तुम मुझे रिपीट क्यों कर रहे हो"

"देखो मुझे कितनी चोट लगी है"

"देखो मुझे भी कितनी चोट लगी है"

"अच्छा चुप करो, शट अप"

"अच्छा तुम चुप करो, शट अप"

गहरी साँस भरकर , शांत होकर उसने बोला

"अच्छा, तुम्हें कुछ हो जाता तो?

मैंने प्रसंगवश वही दोहरा दिया

"तो तुम्हें कुछ हो जाता तो?"

इतना कहते ही वह मुस्कुरा भर उठा और मुझे लगा जैसे कि मैंने पल भर में यौवन की दहलीज पर पहला कदम रख दिया और जिंदगी में पहली बार नारी सुलभ लज्जा का अनुभव किया। वो तो बस आकर्षक मुस्कान बिखेरता रहा। ख़ैर हम दोनों ने ही अपनी–अपनी साईकिल उठाई और चल दिये। इस एक घटना ने मेरे लिये सब कुछ बदल दिया। मई की तपती दुपहरी भी कितनी सुखद मालूम हो रही थी। सड़कों का सूनापन भी कितना मधुकर था। मेरे भीतर कितनी कलियां खिल रही थी, पेट में मानों किसी ने बेचैन तितलियाँ छोड़ दी थी। उस समय मेरी उम्र मात्र चौदह वर्ष थी, ये बात और है उस उम्र में भी मैंने अपने हृदय में पनपे प्रेम के पहले अँकुर को देख लिया था। हर समय वही दृश्य मेरे मानस पटल पर चलचित्र की भाँति चलता रहता और उससे भी ज्यादा उसका मोहक रुप और मुस्कान, उम्र में तो मुझसे दो तीन साल बड़ा होगा। अगले दो तीन दिन मैंने घर से बाहर कदम नहीं रखा। आँगन में खड़ी वो साईकिल जैसे बार–बार मुझे आमंत्रित करती रहती थी और मैंने उस

दिन आमंत्रण स्वीकार कर ही लिया। साईकिल बाहर ले जाते वक्त मुझे खुशी, रोमांच, भय सबका अनुभव एक साथ हो रहा था। एक और डर था कि कहीं वो फिर न मिल जाए और एक ओर यह डर भी था कि अगर वो न मिला तो? ख़ैर मैं साईकिल दौड़ाने लगी। दौड़ाते– दौड़ाते थकने लगी और थकान से भी ज्यादा निराश होने लगी। दिल तो जैसे डूबने लगा था, मेरा ध्यान सड़क पर कम इधर उधर ज्यादा था। बे–मन से मैंने साईकिल घर की ओर मोड़ी तो धक्क। सामने वो मुस्कुराते हुए साईकिल पर खड़ा था।

मैं निशब्द खड़ी रही। "क्या बात है? आज भी किसी को ठोका है? "

"नहीं ऐसी कोई बात नहीं"

"लगता है आज दिमाग सही जगह पर है मेरी बात को रिपीट नहीं कर रहीं"

"दिमाग खराब होगा तुम्हारा"

ऐसा तल्ख जवाब देकर मैं उस सच को छिपाना चाहती थी जो मेरी आँखों से छलक रहा था।

"खैर दिमाग खराब हो न हो तुम्हारी साईक्लिंग जरूर खराब है "

"अच्छा ये बात। तुमसे तो अच्छी ही है"

"तो देर किस बात की हो जाए एक रेस"

"ठीक है"

और कुछ ही देर में हम दोनों हवा से बातें करने लगे। मेरी साईक्लिंग में स्पीड तो थी थोड़ी बहुत, किंतु उसके जैसी कलाबाजियाँ नहीं थीं। उसके लिये तो साईकिल मानों एक खिलौना भर थी कभी इस हाथ से तो कभी उस हाथ से, कभी दोनों हाथ छोड़ के साईकिल चला रहा था। मैंने पूरे उत्साह से रेस की किंतु

अंततः मैं हार गई।

"क्यों मैडम मिठ्ठू क्या हुआ? "

"मेरा नाम मिठ्ठू नहीं है"

"हाँ तो तोता ही तो सबकी नकल उतारता है और उसको ही मिठ्ठू कहते हैं। वैसे बन्दर भी नकलची होते हैं तुम चाहो तो तुम्हें बन्दरिया भी बुला सकता हूँ।"

इतना सुनते ही मैं पैर पटकते हुए घर आ गई। जाने क्यों अंदर ही अंदर उसका चिढ़ाना भी मुझे अच्छा लगा। "स्मृति स्मृति" माँ ने आवाज लगाई तो मेरी तंद्रा टूटी और पलभर में ही मैं कल से आज में वापस आ गई।

"कहाँ खो गई? देख तेरी साईकिल के साथ कुछ पुरानी किताबें और कुछ कबाड़ भी निकाला है।एक बार तू भी देख ले, कुछ काम का सामान न चला जाए। कल कबाड़ी आएगा और ये सब ले जाएगा। ये सब चीजें घर में नेगेटिव ऊर्जा फैलाती है।"

"अच्छा–अच्छा ठीक है। देखती हूँ।"

पुरानी किताबों को छांटते हुए भी मेरी नज़र उस साईकिल पर ही थी। जो मुझे एक बार फिर अतीत का निमंत्रण दे रही थी।

उस दिन के बाद हम अक्सर रेस करते और मैं उससे साँप की तरह साईकिल चलाना कलाबाजी करना, एक हाथ से चलाना आदि सीखती रहती।

पर उसका दोनों हाथ छोड़ के साईकिल चलाना तो मुझे चमत्कार जैसा लगता। इस बात के लिये तो मैं उसकी फैन सी थी। माँ ठीक ही कहती थी लड़के भौंदू होते हैं। अपनी हम उम्र लड़कियों से भी मानसिक तौर पर 4–5 साल छोटे होते हैं। इसलिये मेरी आँखों में उमड़ते प्रेम के वो मेघ उसने कभी नहीं देखे जो उस पर

बरस जाना चाहते थे और इसी तरह वह गर्मियों की छुट्टियाँ बीत गयीं। लोग यूँही कहते फिरते थे कि इस बार पितमपुर में बहुत गर्मी पड़ रही है पर हमें तो कभी महसूस नहीं हुई।

स्कूल खुलने पर सब और ज्यादा व्यस्त हो गए। मेरी किताबें मुझे डराने लगीं। दोनों भाई पढाई के गम में घुलने लगे उनकी ग्यारहवीं और बारहवीं के पेपर जो थे। मेरे भी दसवीं के पेपर थे तो माँ ने पड़ोस की दीदी से मेरी भी ट्यूशन लगवा दी और हम इस कालक्रम में ऐसे पिसने लगे जैसे गन्ने को जूस निकालने के लिये पेला जाता है।

पढ़ते–पढ़ते मैं अक्सर सोचा करती थी कि उसने तो मुझे एक नाम दे दिया मिठ्ठू। भले ही वो चिढ़ाने वाला ही क्यों न हो पर मुझे तो उसके बारे में कुछ पता नहीं। मैंने सोच लिया अगर अब मैं उससे मिलूंगी तो उसका नाम जरुर पूछूँगी। फिर एक रविवार पापा ने बड़े अच्छे मूड में कहा

"स्मृति बेटा चलो आज तुम्हें साईकिल सिखातें हैं।"

पापा नहीं जानते थे कि उनकी पिंजरे की मैना अब खुले आसमान की ऊँचाई नापने लगी है। सुबह–सुबह पार्क में वातावरण ही कुछ और था और जब मैंने पापा को धीरे–धीरे नौसीखिए की तरह साईकिल चला कर दिखाई तो उन्हें शायद वही सुख मिला होगा जो उन्हें मुझे पहली बार चलते हुए देख कर मिला होगा। घर आते ही उन्होंने सबके सामने मेरी तारीफों के पुल बाँधने शुरु कर दिए।

"पता है अपनी स्मृति साईकिल चलाना सीख गई है, आखिर सिखाया किसने है?"

पलभर को अपने शातिरपने पर शर्म भी बहुत आई पर पापा की खुशी के सामने मैं चुप ही रही। धीरे धीरे वक्त बीतने लगा और मेरे

पहले तिमाही की परीक्षा भी आ गई और कुछ दिनों बाद ही उसके परिणाम भी। कुशाग्र विद्यार्थी तो मैं कभी थी ही नहीं किंतु इस बार अंक औसत से भी कम आए। घर में सभी मुझसे पूछ रहे थे कि इस बार क्या किया सुमि? माँ तो जैसे फट ही पड़ी थी।

"और लाड़ लड़ाओ, बिगाडो,ट्यूशन लगा कर भी ये हाल है।"पापा अपराधी की तरह सब सुनते रहे। सिर्फ मैं ही जानती थी की मेरे दिमाग में क्या चल रहा था।

घर में जब सब अपना–अपना राग अलाप रहे थे मैं सोच रही थी कि उस लड़के का नाम पता कैसे पाया जाए और फिर एक दिन मुझे वो मौका मिल ही गया।

वो शुक्रवार की दोपहर थी। ट्यूशन वाली दीदी बीमार थी, मेरी ट्यूशन कैंसिल हो गई और इसका फायदा उठाकर मैं साईकिल लेकर सड़कों पर निकल गई। भरी दोपहरी अचानक काले–काले बादल से भर गई थी। जल्द ही बारिश होने वाली थी। मैं मौसम का मजा लेते हुए चली जा रही थी तभी सामने आए एक पिल्ले को बचाते हुए मैं फिर उसी से जा टकराई और कीचड़ में सन गई।

"क्या बात है, मालूम होता है कि मैडम मिठ्ठू अभी तक एक्सपर्ट नहीं हो पाई। शायद और कोचिंग की जरूरत है।"

"ये बताओ तुम्हारा नाम क्या है?" (नकली गुस्सा जताते हुए मैंने कहा)

"क्यों मेरी शिकायत करोगी क्या? "

"नहीं वैसे ही"

"तुमने अपना नाम तो बताया नहीं"

"लड़कियों का नाम पूछना बुरी बात है"

"तो लड़कों का नाम पूछना भी अच्छी बात नहीं। चलो बहुत

दिनों से रेस नहीं की। चलो हो जाए एक–एक रेस?"

"नहीं मेरे कपड़े खराब हो गए हैं और माँ भी मेरा इंतजार कर रही होगी।"

पता नहीं क्यों? जो मैं करना चाहती थी वो जता नहीं पाती थी, और जो जताती थी वो करना नहीं चाहती थी। शायद मैं चाहती थी कि वो मुझे रोके और रेस के लिये मनाए पर उसने ऐसा कुछ नहीं किया, मेरी नाराजगी के लिये इतनी वजह काफी थी। माँ सच ही कहती थी लड़के भोंदू होते है शायद इसलिये वह मेरी भावनाएँ समझ नहीं पाता।

घर आकर कपड़े बदलकर किताबें खोलकर पढ़ने का प्रयास करने लगी। इस दुनिया का सबसे मुश्किल काम है किसी दूसरे से संतोषजनक कार्य करवाना और उससे भी मुश्किल है किसी के हृदय में अपने लिये अपने जैसी भावनाएँ पैदा करना। माँ ने आकर मेरा ध्यान भंग करते हुए पूछा

"सुमि ये कपड़े कैसे गंदे हो गए?"

"एक पिल्ले की वजह से।"

मैंने हमेशा ही सच को छिपाना या अधूरा सच बोलने को झूठ बोलने से बेहतर समझा है। माँ मेरे उत्तर से संतुष्ट हो गई।

उस दिन मैंने निश्चय किया कि साईकिल को कभी हाथ नहीं लगाऊंगी। मैंने अपने आप को इतना व्यस्त कर लिया कि अपने लिये भी समय नहीं छोड़ा। एक दिन मेरी बेस्ट फ्रेंड उमा ने जब मेरे व्यवहार में बदलाव का कारण पूछा तो मैंने सब कुछ बता दिया और उसकी तरफ प्रश्नवाचक दृष्टि से देखा।

"हूं तो ये बात है। सुमि तेरा निर्णय बिल्कुल सही है। ऐसे लड़कों से कोई भी उम्मीद रखना बेमानी है। इन्हें तो सिर्फ खूबसूरत लड़कियों में रुचि रहती है जो तू है नहीं। पढ़ाई में ध्यान लगा।"

तभी अगली क्लास की घंटी सुनाई दी। कितना कठोर सत्य उमा ने निडरता के साथ कह दिया था। उस दिन के बाद तो मुरझाया दिल का फूल बिल्कूल ही सूख गया। मैंने खुद को रहा सहा भी पढ़ाई में धकेल दिया फिर भी कभी एकांत के किसी पल में अजीबो गरीब विचार उठते कि क्या वाकई उसे मेरी कोई परवाह नहीं? क्या उसे मुझसे मिलने का दिल नहीं करता? सब प्रश्नों के उत्तर खोजते–खोजते सपनों में गुम हो जाती। दसवीं के पूरे साल वह एक बार भी मुझे दिखाई नहीं दिया। मैंने भी सोच लिया कि शायद वह प्रेमांकुर समय की आँधी में उड़ गया। वैसे भी कितने अंकुरों की क़िस्मत मे होता है पनपना?

इसी कशमकश के बीच दसवीं का रिजल्ट भी आया। अपेक्षाओं के विपरीत मैं बहुत अच्छे अंकों से उत्तीर्ण हुई। कहना चाहिये कि मोहल्ले मे सबसे अधिक अंक, यहाँ तक की अपने भाईयों से भी अधिक अंक लाकर मैं चर्चा का विषय बन गई थी। पम्मी आंटी, जया आंटी, जो अपने बच्चों की तारीफें कर कर के मेरी माँ को सुलगाती रहतीं थी, उनके तो जैसे होंठ ही सिल गए। मेरी सफलता के मीठे लड्डू भी उन्हें बेस्वाद लगे। पापा की तो मैं लाडली थी ही पर माँ, तो जैसे पहली बार मेरे सफल भविष्य के सपने संजोने लगी थी। उसकी आँखों में मेरे प्रति जो गर्व की लहरें हिलोरें मारती तो मुझे बेवजह ही सहलाने लगती। मुझे यह सब बहुत सुखद लगता था। मेरे भाई आजकल वह महसूस कर रहे थे जो मैंने बहुत वर्ष झेला था। पूरे खानदान में मेरे नाम डंका बज रहा था।

सबके सामने तो मैं भी खुश रहती किंतु अकेले होते ही यह कामयाबी निरर्थक लगने लगती मन करता, सिर्फ एक बार उससे मिल पाऊँ, उससे खूब सारी बातें कर पाऊँ। काश ! कि उस रोज, उसकी बात मान कर भरी बारिश में मैं उसके साथ रेस लगाती और कुछ यांदे संजो पाती। किसी से दिल लगाना मानो सुलगते अंगारों

को अपने हृदय में रखने समान है, जिसकी सुलगन एकांत में और भड़क उठती है। ख़ैर ग्यारवीं सर पर थी मैंने आट्र्स के विषय चुन लिये थे, पढ़ाई भी ठीक ही चल रही थी। तभी मेरे नागपुर वाले मामा आए और माँ को कहने लगे

"क्या ये आट्र्स करवा रहे हो सुमि को? आट्र्स करके क्या होगा मेरी मानों तो नागपुर मे दसवीं के बाद ही पाँच साल का सरकारी नर्सिंग कोर्स है और उसके बाद नौकरी की भी पूरी गारंटी है। अगर तुम चाहो तो सुमि का दाख़िला उसमें करवा देता हूँ।"

"मगर सुमि रहेगी कहां? मेरी सुमि अभी बहुत छोटी है।"

पापा के लहजे में चिंता स्पष्ट थी। किंतु माँ, माँ तो पूरी बात सुनना भी नहीं चाहती थी।

"अजी आप चुप करो, वहाँ जाएगी तो भविष्य बन जाएगा सुमि का। जैसे ही सुमि की नौकरी लग जाएगी हम कोई अच्छा सा लड़का देख कर उसके हाथ पीले कर देंगे।"

माँ को तो जैसे मेरे लिये देखे हुए सपनों को पूरा करने की बड़ी जल्दी थी। दोनों भाई और पापा मेरी तरफ प्रश्नवाचक नजरों से देखने लगे और मेरा निर्णय जानना चाहते थे। मैं बहुत असमंजस में थी, जानती थी पापा, भाई, रिश्तेदार या मैं कुछ भी कहूँ, होगा वही जो माँ चाहेगी। उमा मेरी प्यारी सहेली ने जब ये सुना तो वह मुझसे मिलने आई। चाय पीते पीते हमें बातचीत का मौक़ा मिल गया। मेरा उतरा हुआ चेहरा भाँप कर उमा बोली,

"तू जाना नहीं चाहती न?"

"शायद"

"तू यहीं रहना चाहती हैं न?"

"शायद"

"ये शायद–शायद क्या लगा रखा है? अगर तुझे नहीं पता तो किसको पता होगा?"

"अगर मैं चली गयी तो उससे कभी न मिल पाऊँगी।"

"किसे?"

एकदम सोच कर उमा बोली।

"अच्छा वो, तू भी कितनी पागल है, अच्छा मैं तेरी ये दुविधा दूर किये देती हूँ। हम्म ये बता क्या नाम क्या है उसका?"

"पता नहीं"

"नाम तक नहीं पता....बहुत अच्छी बात है। चल ये बता वह दिखाई कैसा देता है?

यह पूछ कर मानो उसने मुझे मेरा पसंदीदा विषय दे दिया था।

"लम्बा, चौड़ा, गेहुंआ रंग, घुँघराले काले बाल......प्यारी सी मुस्कान"

"बस..बस...बस तू तो उसकी तारीफ पुराण ही सुनाने लगी। कुल मिलाकर स्मार्ट और सुंदर है।"

उमा बहुत जल्द निष्कर्ष पर पहुँच गई।

"हां" मैंने झेंपते हुए कहा।"

"देख सुमि, बुरा मत मान....बदसूरत से बदसूरत लड़का भी गोरी चिट्टी खूबसूरत लडकी को ही पसंद करता है फिर वो तो सुंदर और स्मार्ट लड़का है। और तू?"

उसकी चुप्पी ने मेरी सारी मुस्कुराहट हवा कर दी।

"सुमि बुरा मत मान बहन। हम अगर मगर के चक्कर में हाथ आया अवसर तो नहीं छोड़ सकते। प्रसन्न मन से नागपुर जा और पढ़ाई कर। ये पांच साल तो देखते–देखते बीत जाएँगे।"

उसकी बात सुनकर मेरी रही सही उम्मीद भी जाती रही। दिल के किसी कोने में उम्मीद का छोटा सा दीया जो जल रहा था और अभय दान चाहता था,बुझ सा गया।

उमा चली गई। उसके जाते ही मेरा आत्ममंथन शुरू हुआ। एक तरफ मेरे सामने मेरा सुनिश्चित भविष्य खड़ा था और दूसरी तरफ एक धुँधला ख्वाब। आखिर भारी मन से मैंने सामान बांधा और नागपुर पहुँच गई। पसंद आने जैसी कोई चीज नहीं थी वहाँ। पहले दिन ही लगा कि पाँच साल कैसे कटेंगे? ऊपर से पढ़ाई भी इतनी बोरिंग, लेक्चर हॉल में ही नींद आने लगती। सुबह छह बजे उठ कर आठ बजे तक मेस में पहुँचना, नौ बजे तक प्रार्थना हॉल, दस बजे लेक्चर हॉल फिर चार पाँच कब बज जाते पता ही नहीं चलता। शाम आठ बजे नियम से घर से फोन आता, जिसमें माँ के उपदेश, पापा की चिंता और भाईयों का मस्ती मजाक होता था। खाना खा कर जब सोने की बारी आती तो खटमल नींद हराम कर देते। मेरे अलावा एक दो लड़कियाँ और जागती और बाकी सब घोड़े बेच कर ऐसे सो जाती जैसे खटमलों से उनकी पक्की दोस्ती हो। इन सब के बीच इंतज़ार होता तो शुक्रवार की शाम का। हर शुक्रवार लेक्चर खतम होते ही मैं मामा मामी के घर निकल जाती। कॉलेज से बस एक ही घंटे की दूरी पर था उनका घर। मामी माँ जैसी सख्त नहीं थी बल्कि बहुत ममतामयी थी। मेरा वह विशेष घ्यान रखती। मेरे लिये अच्छा अच्छा खाना बनाती। पंकज और नीरज मेरे ममेरे भाई मुझसे छोटे थे और मुझसे बहुत प्यार करते थे। वो दो दिन कब हवा हो जाते पता ही नहीं चलता था। सोमवार अलसुबह मामा जी अपने स्कूटर पर मुझे कॉलेज छोड़ देते, और मामी मेरे लिये बढ़िया नाश्ता बाँध देती।

मदर टेरेसा नर्सिंग कॉलेज एक कैथोलिक कॉलेज था, बाकी कॉलेजों के मुकाबले यहाँ सख्ती, अनुशासन ज्यादा था और मस्ती,

छुट्टियाँ बहुत कम। सिर्फ क्रिसमस की छुट्टियाँ ऐसी होती जिसमें मैं इत्मीनान से घर आती। दो साल बाद जब छुट्टियाँ हुईं और मैं घर आई तो सोचा...स्कूल जा कर अपनी क्लासमेट्स से मिल लूँ शारदा, पिंकी, रचना, शशि सब मिलीं, मगर मेरी उमा कहीं नजर नहीं आई। सब मुझसे मिल कर बहुत खुश थी आखिर हम सब एक तरह से आखिरी बार मिल रहे थे। पता नहीं बारहवीं के बाद कौन कहाँ निकल जाने वाला था। मगर उमा की कमी मुझसे बर्दाश्त नहीं हुई तो मैंने उमा के बारे में पूछ ही लिया। उमा का नाम सुनते ही सबको जैसे साँप सा सूंघ गया। सब की सब एक एक कर के बात को टालते काटते हुई वहाँ से निकल गयीं। निराश हो जब घर आई तो माँ को स्कूल की सब कह सुनाई, जब माँ भी चुप रही तो मैंने उमा के घर जाने का निश्चय किया। माँ मुझे रोक कर बोली

"किसके पास जाना चाहती है तू? अरे बारहवीं पास करने का इंतज़ार भी नहीं हुआ उससे ! भाग गई ट्यूशन वाले विनीत के साथ ! आज के बाद उमा से मिलने की कोशिश मत करना, मैं नहीं चाहती कि उसकी परछाईं भी तुझपे पड़े"

माँ ने यह शब्द बहुत सख्ती से कहे थे। उसके बाद मेरी एक मात्र सहेली भी मुझसे छूट गई और मैं कॉलेज वापस लौट आई। देखते ही देखते आगे के तीन साल भी जाने कब उड़न छू हो गये। नर्सिंग का कोर्स खत्म हुआ और मैं भी अच्छे नंबरों से पास हो गई। पुरानी यादों पर दिन ब दिन धूल चढ़ती गई। घर पहुँचीं तो मामा मामी, पंकज, नीरज सब बहुत खुश थे। हम सब उस रात बाहर डिनर पे गए। तभी मामी बोलीं,

"सुमि....तो अब आगे क्या सोचा है?"

मैंने भी कहा "जॉब करुँगी" तो मामा बोले

"और शादी? शादी के बारे में क्या ख्याल है?"

मैं इस प्रश्न के लिये तैयार नहीं थी। पंकज, नीरज सर झुकाकर हँसी दबाते रहे।

"देखो बेटा तुम्हारी मामी का भतीजा है संजय, बहुत अच्छा लड़का है। यहीं नागपुर में ही सिंचाई विभाग में इंजीनियर है। अगर तुम हाँ कहो तो बात चलाएँ। सोच लो कोई दवाब नहीं है तुम पे। फिर नागपुर में ही जॉब भी आसानी से मिल जाएगी,वहाँ पितमपुर में कुछ नहीं मिलेगा।"

मैं तो निरुत्तर सी देखती रही, मामी ने ही माहौल को हल्का किया।

"आप भी अजीब हो, जो भी बात कर रही हो बहनजी से करना सुमि को क्यों परेशान कर रहे हो?"

"मैने अभी तुम्हारी माँ से बात नहीं की है वरना उसे पता चल गया तो वो तो तुम्हारी हाँ या न भी नहीं पूछेगी।"

मैं भी जानती थी कि माँ पहला मौक़ा पाते ही मेरे हाथ पीले कर देगी। वही हुआ जैसा मैने सोचा था, अगले तीन महीनों में मेरी शादी फिक्स कर दी गई। संजय थोड़े पक्के रंग के, औसत चेहरे मोहरे और व्यवहार के मालिक थे। उमा की बात सही थी और शायद इसलिये उन्होंने एक बार देख कर ही मुझे पसंद कर लिया था। संजय के सभी दोस्त, रिश्तेदार नागपुर में ही रहते थे। इसलिये मेरी विदाई मामा मामी के घर से ही हुई, और दस मई को ब्याह कर मैं अपने ससुराल आ गई। संजय बहुत ही संतुलित और संयमित व्यक्ति थे। ऐसा नहीं था कि वो मुझे प्यार नहीं करते थे पर उनके साथ बिताये अंतरंग क्षण भी मुझे रंगहीन मालूम पड़ते थे, जैसे.....जैसे उनमें कोई कमी सी रह गई हो।

घर में हमारे अलावा इनके पिताजी और मोहन काका थे। मोहन काका घर के सभी काम कर लेते थे। हालाँकि संजय मेरे साथ अच्छी

तरह पेश आते थे किंतु घर में पड़े पड़े बोरियत जानलेवा होती जा रही थी। संजय मेरी मनस्थिति समझ रहे थे

"स्मृति जाओ कुछ दिन पितमपुर हो आओ। माँ भी कह रही थी और तुम्हारा मन भी बहल जाएगा"

आज, जब कबाड़ में रखी हुई इस साईकिल को देखती हूँ तो सोचती हूँ कि यूँ तो मेरी जिंदगी इतनी तेज भाग रही है किंतु कुछ है जो मुझे आगे बढ़ने से रोक रहा है और मुझे अतीत में जकड़े रखना चाहता है। जब अतीत ही बीत गया तो यह साईकिल रख कर क्या करूँगी? अभी यहाँ आए दो दिन ही हुए थे कि शाम को संजय का फोन आया "स्मृति तुम्हारा एग्जाम लेटर आया है रविवार को एग्जाम है"

मुझे याद आया कि मैंने जो राज्य चयन बोर्ड का फॉर्म भरा था ये उसका ही एग्जाम लेटर है। मैंने सामान बाँधा और नागपुर आ गई। संजय भी मुझे एग्जाम की तैयारी कराने लगे। एग्जाम सेन्टर हमारे घर से पंद्रह किलोमीटर दूर था, सो संजय ने मुझे कार में वहाँ ड्रॉप कर दिया और हिदायत दी कि मैं एग्जाम के बाद वहीं मिलूँ। एग्जाम काफी अच्छा था लगभग सभी प्रश्न मैंने सही किये थे। मैं ज्यों ही बाहर रोड़ पर आई, साड़ी पहने एक महिला मेरे पास आने लगी। अरे ये तो उमा है, एक बार को तो मैं पहचान ही नहीं पाई। मुझे देखते ही मेरे गले से लिपट कर ऐसे रोने लगी जैसे अपने सारे गिले शिकवे आंसुओ में बहा देना चाहती हो। मैं भी बहुत भावुक हो गई। लगभग छह सालों बाद दोनों सहेलियाँ मिलीं थी। एक दूसरे का हाल जानने में हमने ज्यादा वक्त नहीं लिया। हालाँकि विनीत से उमा को कोई शिकायत नहीं थी किंतु अपने भागने के फैसले पर उसे बहुत पछतावा था क्योंकि उस एक कदम की वजह से उसे समय से पहले आर्थिक, सामाजिक और जाने किन किन समस्याओं का सामना करना पड़ रहा था। मैंने अपनी आप बीती भी उसे सुनाई

और कहा कि मैं तो आज जो कुछ भी हूँ अपने मामा—मामी की वजह से हूँ। उमा का अगला वाक्य अप्रत्याशित था। बहुत ही गंभीर मुद्रा में वो बोली,

"किसी और की वजह से भी"

"मतलब?"

"मतलब मोहित की"

"मोहित....मोहित कौन?"

"वही जो तुझे मिठ्ठू कहता था, वही तेरा साईकिल वाला"

मेरा तो दिल जैसे बैठ ही गया। उमा आगे आगे बोलती जा रही थी और मैं चुपचाप सब सुने जा रही थी। तेरे नागपुर जाने के बाद तेरी खोज खबर लेने के लिये मुझे उसने कई बार रास्तों में रोका। कहता था,

"मिठ्ठू के बोर्ड पेपर थे न इसलिये पूरे एक साल मैं उसके सामने तक नहीं आया, पर अब तो बता दो वो कहां गई? बस एक बार मिला दो।"

कैसा अजीब था यह क्षण! हृदय मे न जाने कितने पुष्प खिल रहे थे, और आंखें.....आँसुओं को रोकने के चक्कर में लाल हो उठीं थी। उमा कहती ही गई

"विनीत बता रहे थे कि आजकल कानपुर में कहीं पोस्ट ग्रेजुएशन कर रहा है। तुझे पता है वो कहाँ रहता था?दो गली छोड़ कर जहाँ अमरुद के पेड़ थे न? जहाँ हम अमरुद चुराने जाते थे, गुप्ताईन के यहाँ"

"मगर गुप्ताईन के तो कोई औलाद नहीं थीं।"

मैंने अपने आँसुओं को बहने से रोकते हुए कहा।

"हाँ वो तो उनका भांजा था इसलिये तो छुट्टियों में ही आता था।"

तभी हॉर्न की आवाज़ सुनी, देखा तो संजय कार ले कर आ चुके थे। हमने एक दूसरे का फोन नंबर एक्सचेंज किया और गले लग कर एक दूजे को विदाई दी। संजय के पूछने पर मैंने बताया मेरी सहेली उमा थी फिर संजय पेपर के बारे मे पूछने लगे। इसके बाद हम दोनों के बीच गहरी शांति छा गई, हमारा घर आने ही वाला था, किंतु मेरे दिमाग में तो कुछ और ही चल रहा था।

"संजय क्या तुम मुझे पितमपुर छोड़ दोगे?"

"मगर तुम अभी तो रह कर आयी हो।"

"प्लीज़, मुझे छोड़ कर चले जाना और कल ड्यूटी भी जॉइन कर लेना। मैं भी कुछ दिन में लौट आउंगी। प्लीज संजय।"

"ठीक है।"

इसके आगे संजय ने कुछ नहीं कहा। मैं पितमपुर आ गई। मुझे अचानक घर आया देख कर माँ हैरान रह गई। संजय भी बाहर बाहर से ही चले गये। पापा और दोनों भाई मेरा हाल चाल पूछने लगे, किंतु माँ चिरपरिचित अंदाज़ मे भाषण झाड़ने लगी।

"नयी नयी शादी है इतनी जल्दी जल्दी मायके आना ठीक नहीं। आखिर क्या कमी है इसे वहाँ? "

"अब बस भी करो भाग्यवान" पापा ने कहा

"यही हरकतें रही तो अच्छी भली गृहस्थी मे आग लगा बैठेगी"

मैंने सभी बातों को अनसुना कर दिया, स्टोर जैसे मुझे आमंत्रित कर रहा था। मैं भाग कर अपने स्टोर में अपनी साईकिल खोजने लगी।

"माँ... माँ.... माँ मेरी साईकिल कहाँ गई?"

"हे भगवान ! ब्याह हो गया, लेकिन इसका बचपना नहीं गया। बेच दी कबाड़ी को....और क्या? पूरे चार सौ पचास में बेची है।"

मेरे और मेरे अतीत के बीच का आखिरी पुल भी ढ़ह चुका था। मैं निराश सी ड्राइंग रूम मे आ गई।

"तूने मना कब किया था उसे बेचने को? जो फूल के बैठ गई है।"

माँ बोलती रही और मैं बिना कुछ खाये पिये सो गई। सुबह का नाश्ता पानी निबटा तो माँ पौधों की कटाई छँटाई मे लग गई। मैं भी सामने बैठ कर अखबार पढ़ रही थी।

"बीबीजी....बीबीजी कुछ कबाड़ है क्या बेचने को?"

"अरे तू फिर आ गया अभी दो दिन पहले ही तो कबाड़ बेचा है "

"कोई साईकिल वाईकिल पड़ी है क्या?"

साईकिल की बात सुनते ही मेरा सारा ध्यान कबाड़ी पर आ गया।

"अजीब आदमी है ! दे तो दी तुझे साईकिल। तूने तो अच्छे दाम पर बेची होगी।"माँ का पूरा ध्यान अब भी पौधों पर था।

"हां बीबीजी सो तो है......मैंने तो उसके केवल एक हजार माँगें थे लेकिन एक पागल लड़का उसे कीमती बता कर पूरे दो हजार रुपये में ले गया।"

"क्या?"... मेरे मस्तिष्क में बिजली सी कौंध गई। मेरे सिवा सिर्फ एक इंसान के लिये वो कबाड़ साईकिल कीमती थी, मोहित के लिये....। अब मैं जानती थी कि मुझे क्या करना है, सब देखते रहे और मैं दौड़ पड़ी गुप्ताईन के घर। पितमपुर में आज भी नाईट ड्रेस में भागती औरत आकर्षण का विषय थी। सबसे बेपरवाह गुप्ताईन के आँगन में जा कर रुकी। सामने ही वो साईकिल खड़ी थी जिसपे

मोहित करतब दिखाया करता था, उसे छू कर मोहित को छूने का एहसास सा हो रहा था। तभी पास ही मैंने अपनी साईकिल खड़ी देखी। उसने उसे पेंट करा कर नई सा कर दिया था और हरे रंग से उस पर मिठठू लिखवाया था।

बरसों से सूखा पड़ा हृदय प्रेम वर्षा से सरोबार हो गया। मुझे मोहित ने इतना प्यार किया और मैं, किसी के प्रेम को पाने की कृतझता मेरी आँखों से बह निकली। आज मैं उस से अवश्य मिलूँगी। और इतने सालों के बकाया प्रश्नों के जवाब लूँगी। जैसे ही मैं आगे बढ़ी मेरी नाइटी की डोरी साईकिल के हैंडल में अटक गई और एक बार फिर मैंने एक नज़र भर अपनी साईकिल को देखा। ये क्या लगा रखा है मेरी साईकिल पर..... ये तो यहाँ नहीं था, ये स्टीकर, उसपे लिखा था 'पीछे नहीं आगे देख' उसे नजर अंदाज करके मैं दरवाजे पे पहुँचीं थी कि मुझे एहसास हुआ कि यह कोई उथला वाक्य नहीं, बहुत गहराई है इसमें। मोहित ने बहुत सोच समझ कर इसे लिखवाया होगा और मैं खाली हाथ और भरे हृदय से वहाँ से लौट चली किंतु संभवत प्रेम ने ही उस एक पल में मेरे जीवन का समग्र खालीपन भर दिया था.........

बारिश

आज नेत्र आरोग्य हॉस्पिटल में आम दिनों से ज्यादा ही भीड़ थी। जैसा कि नाम से ही स्पष्ट है ये आँखों के इलाज के लिये जाना माना हॉस्पिटल था। दिल्ली जैसे महानगर की सीमाओं से दूर बसा ये आधुनिक वास्तुकला के साथ साथ कुछ पुरानी कलाकृतियों से सजा हुआ था। एक बार को कहना मुश्किल था की यह अस्पताल है या कोई फाइव स्टार होटल। दोपहर बाद की ओ. पी. डी. चल रही थी पर इतनी भीड़ होने के बावजूद कुछ खास शोर–शराबा नहीं था, क्योंकि यहाँ ज्यादातर कथित सभ्रांत लोग ही आते थे, जो पहले कम से कम एक दूसरे के सामने शेखी बघारने के लिये ही बातचीत कर लिया करते थे किंतु अब तो इसके लिये फेसबुक जैसे सोशल प्लेटफॉर्म ही बहुत है। सो सब अपने अपने फोन में लगे हुए थे।

रूम नंबर चार की लाईन बैठा प्रांजल बहुत ही निश्चिंत भाव से बैठा था और बाकी लोगों से इतर वह फोन या अखबार नहीं, अस्पताल में होने वाली चहल पहल को देख रहा था। प्रांजल बयालीस का हो गया है, कनपटी पर झांकती बालों की सफेदी और आँखों के आस पास आती महीन झुर्रियाँ इसकी गवाही दे रही थी किंतु आज भी उसके सहज आकर्षण में ऐसा चुम्बक्त्व है जो उसे भीड़ से अलग करता है। उसका नंबर आने में देर थी सो उसने थोड़ा इधर उधर टहलने का निर्णय किया। तीसरी मंजिल से जब उसने झांका तो देखा, पूरे आकाश में काले काले बादल छा गये थे और देखते ही देखते जोरदार बारिश शुरु हो गई।

बारिश होते ही प्रांजल बेचैन होने लगता है, उसे ऐसा लगता है मानो ये बूँदें बादलों को चीर कर नहीं उसके हृदय को छेदते हुए बह रही हैं। जैसे इन शीतल बूँदों ने ना जाने कितने सूखे जख़्मों को हरा

कर दिया हो। घटना तो लगभग बीस साल पुरानी थी किंतु उसके मन मस्तिष्क में ऐसी गहरी गुदी थी जो बारिश से सहसा ही उभर आती। उस दिन कॉलेज का वार्षिक उत्सव था। पिया, कृष्ण–राधा नाटिका में राधा बनी थी। उसका नाटक, प्रांजल के सामाजिक नाटक के बाद होना था। पिया की नाटिका शुरू होने ही वाली थी कि तभी प्रोफ़ेसर सुब्बा राव ने प्रांजल को बुला लिया। उनका काम खत्म होने में बहुत देर लग गई, लाउड स्पीकर से आती आवाजों से उसने अंदाजा लगा लिया कि प्रोग्राम खत्म हो चुका है, फिर भी अनमना सा वह ऑडिटोरियम गया, वहाँ कोई नहीं था।

पूरा आसमान काला हो चुका था, मूसलाधार बारिश हो रही थी। आधे से ज्यादा स्टूडेंट्स अपने घरों को भाग चुके थे। वो भी तर बतर हो चुका था, बारिश ही कुछ ऐसी थी कि सूखा रहना नामुमकिन था। सामने से आती पिया को देखते ही उसके होश उड़ गये। राधा के रूप में सजी पिया इतनी सुंदर लग रही थी कि उसके चेहरे से नजर नहीं हटती थी। उस पर बारिश की वजह से उसके कपड़े ऐसे चिपक गये थे कि वो चलती फिरती अजंता की मूरत दिख रही थी पर पिया इस सब से बेपरवाह उसकी तरफ तेज कदमों से बढ़ती आ रही थी। अनजाने में उसका पैर कीचड़ पर फिसला और अगले ही पल वो प्रांजल की मजबूत बाहों में थी। वैसे तो इससे पहले भी दोनों साथ–साथ घूमते फिरते थे, तफरी मारते थेमगर आज दोनों इतने करीब थे कि कहना मुश्किल था कि पिया की धड़कनों की आवाज है या प्रांजल की सांसों की। बहुत देर तक प्रांजल एक ही मुद्रा में उसे एकटक ताकता रहा, उसकी आंखें उसके गालों से लुढ़कती बारिश की बूँदें जो उसके होठों को छू रही थी। उसके नाजुक गुलाबी होंठ तो मानो उसे निमंत्रित कर रहे थे। उत्तेजना का भँवर मानो प्रांजल को डुबो देना चाहता था, भावावश उसने धीरे से अपने होंठ पिया के होंठों पर धर दिये। पिया प्रतिक्रिया स्वरूप उसे हटाते हुए जाने

लगी तो प्रांजल ने उसका हाथ पकड़ लिया। पिया भी पसोपेश में थी उसका भी दिल, दिमाग, बदन सब बगावत करने पे तुले थे। सो अबकी बार पिया ने प्रांजल को हल्के से प्रेमांकित किया। प्रांजल का लालच बढ़ता ही जाता ही था। जब धीरे धीरे उसके होठों को होठों से सहलाता तो कामाग्नि भड़कती जाती तो कभी जोर से चूमता और सिहरन के मारे प्राण निकलने लगते।

अब तक तो उसने यही पढ़ा था कि दो पत्थरों को रगड़ने से आग पैदा होती है किंतु दो प्रेमियों के नाजुक अधरों के मिलन से भी अग्नि पैदा होती है ये उसने स्वतः प्रयोग कर देख लिया। वो दोनों तो पता नहीं कितनी देर तक प्रेम पाश में बंधे रहते पर पिया की छींको ने प्रांजल के संयम को जगा दिया। एक भी शब्द कहे बिना प्रांजल ने पिया को ऑटो में बिठा दिया और पिया बस उसे देखती ही रही।

"जी आपका नंबर आ गया"

हांलाकि वो वर्तमान में लौट आया था, किंतु जिसने कभी भी किसी से भी सच्चा प्रेम किया हो वो जानता है कि पहले प्रेम का पहला चुम्बन वो एहसास है कि जो अमर हो जाता है। जब भी याद आ जाए तो उसी रोमानी क्षण को, अतीत के उस लम्हे को फिर से जीवंत कर देता है। वार्ड बॉय ने उसे बुलाया तो देखा कि काफी देर से उसका टोकन फ्लैश हो रहा था। उसे डॉक्टर के पास पंद्रह मिनिट से ज्यादा का समय नहीं लगा। अगली अपॉइंटमेंट लेने के लिये कुछ और इंतजार करना था। वैसे भी बाहर बारिश हो रही थी सो वह बैंच पर बैठ गया।

अतीत की यादें होती ही ऐसी है कि खाली समय देखा नहीं और दनदनाती हुई चली आती हैं। प्रांजल भी बीते हुए समय में गोते खाने लगा। प्रांजल शुरु से ही मेधावी छात्र था। मध्यमवर्गीय परिवार में होते हुए भी वो सबसे अलग था। घर में माता पिता के अलावा

छोटी बहन कुमुद भी थी। पहली ही सूची में वीर सावरकर कॉलेज में फिजिक्स ऑनर्स में उसका नम्बर आ गया। सभी छात्रों, प्रोफेसर्स और स्टाफ के बीच लोकप्रिय होने में उसे एक साल से भी कम वक़्त लगा था। वो था ही ऐसा! इतना आकर्षक चेहरा, घने काले बाल, ऊंचा कद, चौड़ी छाती, पुष्ठ कंधे और चितचोर मुस्कान। छात्राएँ तो उसकी दीवानी थी। पढ़ाई, खेलकूद, नाटक में तो वह अच्छा था ही, छात्र राजनीति पर भी उसकी अच्छी पकड़ थी। बी. एस. सी. के दो साल तो पलक झपकते ही उड़ गये। उसकी क्लास के सभी छात्र उसके मित्र थे लेकिन सोनू त्यागी जिसे सारा कॉलेज त्यागी त्यागी के नाम से बुलाता था, से उसकी गहरी मित्रता थी। त्यागी तीन सालों से लगातार फाइनल ईयर में फेल हो रहा था। यूँ समझिये कि प्रांजल के बिल्कुल उलट व्यक्तित्व था उसका। उसे भौतिकी वौतीकी में कोई रूचि नहीं थी वो तो महज अपने खड़ूस पिता की इच्छा पूरी कर रहा था। हां पैसे रुपये की कोई कमी नहीं थी उसे।

नया सेशन शुरू होने वाला था, कॉलेज में नए दाखिले चल रहे थे, जिसमें प्रांजल वॉलन्टियर बना हुआ था। तभी त्यागी भागा भागा उसके पास आया और बोला

"भाई कॉलेज में अप्सरा आई है यार, यार कुछ भी कर के उससे सेटिंग करवा दे यार।"

"यार तेरा तो ये रोज रोज का है, कॉलेज में दाखिले चल रहे है तो नई नई लडकियां आयेंगी ही और तुझे तो सब ही अप्सरा लगती हैं।"

"नहीं यार इसकी बात ही कुछ और है। पांच साल तो मुझे ही हो गए इस कॉलेज में झक मारते, ऐसी परी तो कभी नहीं देखी।"

प्रांजल उसकी बातों को अनसुना करके फॉर्म सेट करता रहा। इतनी देर में एक लडकी उनके पास आकर रुकी और त्यागी से

बोली

"Excuse me please help me to find Recreation Hall"

त्यागी के मुँह से कोई बोल न फूटे और उसने प्रांजल की तरफ इशारा कर दिया, एक उंगली प्रांजल को भी चुभाई। अब प्रांजल की बारी थी, सामने खड़ी लडकी खूबसूरत ही इतनी थी कि देखने वाला अचंभित हुए बिना नहीं रह सकता था। दूध की तरह उजली, भूरी आंखें, काले लंबे बाल जो उसने खोल रखे थे। गुलाबी लॉन्ग ड्रेस में ऐसी दिख रही थी मानों किसी ने वनीला में स्ट्रॉबेरी आइस्क्रीम मिला दी हो। प्रांजल उसे देखता रह गया। प्रांजल ने भी बिन कुछ कहे उंगली से इशारा कर दिया।

"Thank You"

कह कर वो आगे बढ़ गई। प्रांजल ने चुप्पी तोड़ी,

"देख त्यागी इसे कहते हैं ब्यूटीफुल गर्ल, तेरी सब अप्सरा इसके आगे फेल है।"

"अरे यार यही तो वो लडकी है नाम है पिया, पिया मेहरा। क्यों बज गई न घंटी?"

तभी प्रांजल को अपने व्यवहार पर पछतावा होने लगा। एम. एस. सी. में अच्छे नंबरों से पास होना ही उसका लक्ष्य है और उसे इससे कोई डिगा नहीं सकता। पिया ने बी. एस. सी. फिजिक्स ऑनर्स में दाखिला लिया और पिया की सहेली बनी निम्मी। निम्मी बात बात पर पिया की तारीफ किया करती और उसकी ईगो को तृप्त करती रहती। प्रोफ़ेसर सुब्बाराव उन्हें भी अप्लाईड फिजिक्स पढ़ाया करते थे। उन्हें आदत थी कि किसी भी प्रश्न को ज्यादा से ज्यादा दो बार ही समझाते थे। मगर इसके बाद भी यदि किसी को समझ न आये तो उसे प्रांजल के पास भेज देते थे हेल्प के लिये।

पहली ही बार जब निम्मी प्रांजल के पास गई, तो अपना हृदय

वहीं हार आयी। अब तो वो उससे मिलने के बहाने ढूँढने लगी और एक दिन एकांत में अवसर पाकर उसने अपने प्रेम का इज़हार कर दिया। प्रांजल सहसा हुए प्रेम प्रस्ताव से भौचक्का रह गया। हालाँकि इतना स्पष्ट और सख्त बोलना उसे ठीक नहीं लगा फिर भी वह बोला

"देखो निम्मी जो तुम चाहती हो वैसा नहीं हो सकता"

"क्यों? क्यों नहीं हो सकता? क्या मैं सुंदर नहीं? या तुम्हारे लायक नहीं?"

"नहीं वो बात नहीं है, तुम समझ नहीं रही मेरा लक्ष्य कुछ और है। प्रेम प्रेम के चक्कर मे पड़ कर मैं अपना समय व्यर्थ नहीं करना चाहता।"

"इसका मतलब तो ये कि तुम मुझे ठुकरा रहे हो? तुम्हें दिखाई नहीं देता मैं पागलों कि तरह तुम्हें प्यार करती हूँ और अगर तुम मुझे न मिले तो पता नहीं मैं कैसे जीयूंगी।"

ऐसा कह के उसने प्रांजल के दोनों हाथ अपने हाथों में ले लिये। प्रांजल इस अप्रत्याशित स्पर्श के लिये तैयार नहीं था। उसने क्रोध में निम्मी के हाथों को झटक दिया।

"आखिर किस बात का अहंकार है तुम्हें? अपनी इंटेलिजेंस का या अपनी स्मार्टनेस का?"

"ऐसा कुछ नहीं है निम्मी"

"मैं खूब समझती हूँ, याद रखना जो आज तुमने मुझे दिया है जिंदगी तुम्हें भी वही लौटाएगी समझे।"

निम्मी आँसू पोंछते हुए वहाँ से चली गई। औरत के लिये बहुत दुखदायी होता है तिरस्कार सहना, और उससे भी ज्यादा यदि कोई उसके रुप से प्रभावित भी न हो। प्रांजल का रिजेक्शन उसने अपने

हृदय में बहुत गहरे में दफन कर लिया। प्रांजल के बी. एस. सी. फाइनल ईयर के एग्जाम आने वाले थे तो पिया के पहले साल के। पूरा साल तो पिया ने मौज मस्ती में काट दिया। उसे खुद को निहारने से समय मिलता तो कुछ पढ़ती। लेकिन डेट शीट आते ही उसके दिल में बेचैनी होने लगी। प्रोफ़ेसर सुब्बाराव पीरियड खत्म करके उठने लगे तो पिया ने अदा भर कर कहा

"सर, प्लीज़ कुछ इंपॉर्टेन्ट टॉपिक बता दीजिये न एग्जाम के लिये"

प्रोफ़ेसर को लापरवाह स्टूडेन्ट बिल्कुल पसंद नहीं थे, वे हिकारत से देखते हुए बोले।

"तुम प्रांजल के पास चली जाना वो तुम्हें इंपॉर्टेन्ट नोट दे देगा।"

वैसे तो पिया प्रांजल कॉलेज में पहले भी कई बार टकराये थे लेकिन प्रांजल के रूखे व्यवहार के कारण उन दोनों मे दूरी बनी रही। पिया बला की खूबसूरत थी और खूबसूरती बिल्कुल जहरीले अजगर की तरह होती है, कोई उसके पाश से बच कर निकल जाए ये उसे मंजूर नहीं होता। पिया भी ऐसा ही महसूस करती जब प्रांजल उससे नजरें चुरा कर बात करता। आखिर उस दिन वो बोल ही पड़ी...

"तुम्हारी आँखों में कोई परेशानी है क्या? या फिर तुम्हें ऑटिज्म की बीमारी तो नहीं?"

"नहीं, ऐसा क्यों बोल रही हो?"

"लोग तो कहते है कि मेरे चेहरे से नजर हटाए नहीं हटती और तुम मुझे नजर भर देखना भी नहीं चाहते। डरते हो न? कि अगर देख लिया तो दीवाने ही हो जाओगे।"

"नहीं ऐसा कुछ नहीं है"

"तो फिर, एक बार मेरी आँखों मे देखो"

पिया ने प्रांजल की बाहें पकड़ कर कहा। दोनों की नजरें मिली तो प्रांजल ने महसूस किया कि सेकंड दर सेकंड वो उसके हृदय में उतरती जा रही है।

"पूरे कॉलेज में तुम सा कोई लड़का नहीं और मुझ सी कोई लडकी नहीं, तो मिस्टर परफेक्ट मुझसे दोस्ती करोगे?"

कहकर पिया ने प्रांजल की ओर हाथ बढ़ा दिया जिसे थोड़े संकोच के साथ उसने सहज स्वीकार कर लिया। अगले दिन जब दोनों साथ साथ कॉलेज की कैंटीन में बैठे तो उनकी दोस्ती की खबर जंगल की आग की तरह फैल गई। सब लडकियाँ पिया से चिढ़ रही थी तो सब लड़के प्रांजल की किस्मत से, लेकिन कॉलेज में हर कोई अंदर ही अंदर जानता था कि इससे अच्छी जोड़ी तो ही नहीं सकती। आए दिन दोनों एकसाथ घूमते फिरते, फिल्मे देखते, मजे करते। इन सब के बीच एग्जाम का रिजल्ट भी आ गया। प्रांजल ने हमेशा की तरह टॉप किया तो पिया के भी सब लाग लपेट के पासिंग नंबर आ गये। खुशी–खुशी में पिया प्रांजल को अपने घर ले गई। पिया के पिता सरकारी अधिकारी थे तो माँ गृहणी, वो बात अलग है कि हर काम के लिये उनके घर में अलग अलग नौकर चाकर थे। पिया के पिता प्रांजल की कुशाग्रता से बहुत प्रभावित हुए। वहीं पिया की माँ की नजरों में इंटेलिजेंस से ज्यादा भौतिक सुख सुविधाओं की अहमियत थी। अपनी हर चीज का दिखावा करना उनकी आदत थी। चाय परोसते हुए वह व्यंग्यात्मक लहजे मे बोली....

"वो तो पिया के पापा की जिद थी कि कम से कम पिया यहाँ से ग्रेजुएशन तो कर ले वरना आगे की वोकेशनल स्टडी के लिये तो वह कनाडा जाएगी। वैसे भी यहाँ के लोग, यहाँ का माहौल मेरी डॉल के लायक नहीं। वैसे तुम्हारे फादर क्या करते हैं?"

"जी वो बिजली विभाग में वायरमैन हैं"

"क्या?"

मुँह बना के और लम्बी आह भर कर पिया की माँ बोली....

"अच्छा है कम से कम तुम एक आध दर्जा तो उठ ही जाओगे पढ़ाई कर के"

पिया की माँ की बातों ने उसे पल भर में ही हीनता का एहसास करा दिया। इसके बाद जब भी प्रांजल पिया की माँ से मिलता तो दूर से ही नमस्ते कर के निकल जाता। जहाँ एक ओर त्यागी प्रांजल और पिया की बढ़ती दोस्ती की वजह से अकेला पड़ गया था। वहीं निम्मी भी अब सिर्फ अपनी पढ़ाई तक सीमित रह गई थी। फिर एक दिन त्यागी ने प्रांजल को कैंटीन में ही घेर लिया.....

"और, क्या चल रहा है?"

"मतलब?"

"मतलब कि तुम्हारी दोस्ती कहां तक पहुँचीं?"

"क्या यार हम दोनों तो बहुत अच्छे दोस्त हैं बस"

"अच्छा? तो दोस्त ही रहना क्योंकि उसके आगे के लिये पिया तेरे लिये ठीक नहीं"

"ये क्या बकवास कर रहा है?"

"ऐसा इसलिये कि तू जमीन का आदमी है और पिया...उसके तो सपने भी आसमान से आगे के हैं"

"यार मुझे तेरी यही बात पसंद नहीं है। अरे तुम तो वो लोग हो जिन्हें चाँद में भी दाग ही दिखता है"

कहकर प्रांजल उठ गया। उसका मूड पूरी तरह खराब हो चुका था। सामने से निम्मी आ रही थी....

"प्रांजल....प्रांजल रुको"

"हाँ, क्या है?"

उसने चिड़चिड़ा कर कहा....

"तुम्हें सर ने बुलाया है....पर तुम्हें क्या हुआ? कुछ नाराज से लग रहे हो आज"

"अरे यार वो त्यागी कहता है कि पिया मेरे लिये ठीक नहीं, वो भी बिना किसी बात के जबकि सारे कॉलेज में हमारे जैसी जोड़ी नहीं।"

निम्मी थोड़ी देर चुप रह कर बोली.....

"वो ठीक कहता है। पिया बहुत ही महत्वाकांक्षी है, मैं उसे बहुत अच्छी तरह जानती हूँ"

"मुझे पता है, अच्छी तरह पता है, तुम दोनों चाहते हो कि हमारा ब्रेकअप हो जाए ताकि तुम दोनों....."

प्रांजल की आँखों में हिकारत और घृणा के भाव सहज ही उतर आए।...

"बस बस...आई एम सॉरी। तुम मुझसे ज्यादा समझदार हो"

और निम्मी वहाँ से चली गयी।

सारी दुनियाँ से बेपरवाह उन दोनों की मुलाकातों का सिलसिला यूँ ही चलता रहा। एक साल बचा था पिया की ग्रेजुएशन होने में और प्रांजल की पोस्ट ग्रेजुएशन होने में।

"पिया, बस एक साल बचा है कॉलेज का"

"तो?"

"उसके बाद......उसके बाद क्या होगा"

"ओ हो ज्यादा सोचने की जरुरत नहीं है, जो होगा देखा

जाएगा। मुझे डांस की रिहर्सल करनी है, मैं चलती हूँ।"

पिया ने कितनी सहजता से कह दिया कि जो होगा देखा जाएगा। पता नहीं वो उसके बारे मे क्या सोचती है। एक वो है जो उसके दूर जाने के एहसास से ही सिहर उठता है। वैलनटाईन डे आने ही वाला था। प्रांजल ने उसके लिये एक चांदी की चेन खरीदी। यह एक अच्छा उपाय था उसके दिल में झाँकने का। प्रांजल ने घुटनों पर बैठ कर प्रेम प्रस्ताव रखा.....

"I Love you Piya, will you become my valentine?"

"Yes I will"

पिया ने चेन तभी पहन ली और दोनों प्रेमालिंगन मे कैद हो गए। दोनों अपनी दोस्ती को एक कदम आगे ले जा चुके थे और अगला कदम तब उठा जब वार्षिकोत्सव के दिन, उस घनघोर बारिश में वो मन और आत्मा से पिया का हो चुका था। उस एक क्षण में अपने अंदर पहली बार पौरुष अनुभव किया जो सदियों से किसी के प्रेम में लुट जाने के लिये लालायित था। एक दो को छोड़ कर पूरा कॉलेज आश्वस्त था कि उनका प्रेम मंजिल तक जरूर पहुँचेगा और कॉलेज खत्म होने तक दोनों के विवाह की खबर भी जरुर आयेगी।

अगले दिन कैम्पस सिलेक्शन होने थे। सारी तैयारियाँ ज़ोरों शोरो से चल रही थी तभी प्रोफ़ेसर सुब्बाराव ने प्रांजल को बुलाया.....

"प्रांजल, एज यू नो यू आर माई फेवरेट स्टूडेन्ट, कल कैम्पस मे सिलेक्शन होने हैं, बहुत बड़ी बड़ी कम्पनी आ रही हैं इस बार। मुझे पूरी उम्मीद है कि तुम्हें बहुत अच्छा पैकेज ऑफर होगा। एक्चुअली मैं भी तुम्हें एक ऑफर देना चाहता हूँ। तुम चाहो तो मेरे अंदर पी. एच. डी. कर सकते हो। मेरी एक रिसर्च पास हुई है तुम चाहो तो उसमें मुझे असिस्ट कर सकते हो। चालीस हजार का स्टाईपंड भी मिलेगा। जानता हूँ थोड़ा कम है, बट यू नो इट्स ए गवर्नमेंट

पॉलिसी। फाइनल डीसीजन तुम्हारा है। कोई कम्पल्शन नहीं है। कोई जल्दी नहीं है, आराम से सोच कर बता देना।"

"ओके सर"

कहकर प्रांजल केबिन से बाहर निकल आया। थोड़ी ही देर में कॉलेज में सब को पता चल गया कि प्रोफ़ेसर ने प्रांजल को जॉब ऑफर की है। पिया रोज की तरह शाम को मिली।

"क्या बात है, पिया तुम्हारा मूड कुछ उखडा सा है"

"नहीं कुछ नहीं, तुम बताओ सर के केबिन में क्या हुआ?"

"अरे सर ने, सर ने मुझे एलोंग द स्टडी जॉब ऑफर की है। जॉब की जॉब और पढ़ाई की पढ़ाई।"

"अच्छा और स्टाईपंड कितना है? चालीस पचास होगा शायद, तो तुम ने क्या सोचा?"

"अरे इससे अच्छा क्या होगा, पैसे के पैसे मिलेंगे और बहुत कुछ सीखने को भी मिलेगा"

"और अगर कल कैम्पस सिलेक्शन में इससे अच्छा ऑफर मिला तो?"

"ओफ्फो कल की कल देखेंगे, नाउ गिव मी ए स्माइल एंड ए किस"

कहकर प्रांजल पिया को गुदगुदी करने लगा।

नया सवेरा अपने साथ काफी कुछ लाने वाला था। कॉलेज में सुबह से ही चहल पहल थी। एकेडमिक हॉल में अलग अलग कम्पनियो के स्टाल लगे हुए थे। प्रांजल को एक बडी कंपनी की तरफ से इन्वाइट आया पैनल में चार लोग बैठे थे। उसने सबके प्रश्नों का धैर्यपूर्वक जवाब दिया। उसकी कुशाग्रता परख कर पैनल ने उसे जो पैकेज दिया वो हाईएस्ट पेड रिकॉर्ड था। बॉम्बे में

पोस्टिंग थी और बीस लाख सालाना पैकेज और तीस दिन का समय, पर समस्या ये थी कि वे उसे एक्जीक्यूटिव हेड बनाना चाहते थे वो न्यूट्रीशनल डिपार्टमेंट का। प्रांजल सोचते हुए बाहर आया। वो हर एंगल से सोच रहा था। एक तरफ उसकी रुचि का काम था, घरवालों का साथ मगर पैसे कम तो दूसरी तरफ एक उबाऊ काम, घरवालों से दूर रहना था लेकिन पैकेज बहुत अच्छा था। पिया तो हॉल के बाहर ही खड़ी थी.....

"कितना पैकेज मिला? जल्दी बताओ"

"बीस लाख पर एनम"

"वाओ प्रांजल....प्रांजल मैं बता नहीं सकती कि मैं आज कितनी खुश हूँ "

खुशी से झूमती पिया को देख कर भी प्रांजल चुप ही रहा।

"क्या हुआ? तुम खुश नहीं हो"

"मैं असमंजस हूँ कि क्या करूँ? दोनों में से किसे चुनूँ?"

"एक मिनिट, कहीं तुम प्रोफ़ेसर की बातों में तो नहीं आ गए"

"देखो पिया, सर के साथ मुझे बहुत कुछ सीखने को मिलेगा और माँ, पिताजी, कुमुद और तुम्हें छोड़ कर जाने की भी जरूरत नहीं।"

"डॉन्ट बी स्टूपिड, तुम्हें इतना अच्छा चांस मिला है। वैसे भी तुम्हारे पेरेंट्स और बहन छोटे बच्चे तो है नहीं जो तुम उन्हें छोड़ कर जा नहीं सकते"

"पिया मैं इकलौता बेटा हूँ मेरी भी कुछ जिम्मेदारी है घर के लिये"

"लिसन मैं भी तो सिंगल चाइल्ड हूँ मुझे भी तो अपने पेरेंट्स को छोड़ कर जाना पड़ेगा। समझते क्यों नहीं पी. एच. डी. किये कितने लोग मारे मारे फिरते है आज कल"

"पर पिया"

"मुझे कुछ नहीं सुनना, मॉम ठीक ही कहतीं है तुम्हारी सोच ही ऐसी है। तुम अपने पापा से एकाध लेवल ऊपर उठ पाओ तो भी बहुत है"

पिया तो गुस्से में पैर पटकती हुई चली गई। मगर आज के उसके व्यवहार ने प्रांजल को सोचने पर मजबूर कर दिया। पिया को फोन लगाने की भी बहुत कोशिशें की मगर हर बार उसने फोन काट दिया। दो दिन से वो कॉलेज भी नहीं आ रही थी। मौका देख कर उसने अपनी दुविधा अपने माँ बाप के सामने रखी, उनके पास बहुत ही सरल उत्तर था। "जिसमे तेरी खुशी हो"

पिया इतनी जिद्दी क्यों है? वो उसके घरवालों की तरह क्यों नहीं हो सकती? दो दिनों से उसने पिया की आवाज भी नहीं सुनी, हर गुजरते घंटे के साथ उसकी जान निकलने को हो रही थी। उसका दिल उसके दिमाग पर कब्जा मारकर बैठा था। आखिर अपने इस निर्णय की वजह से वह पिया को तो नहीं खो सकता। क्या पता पिया ठीक ही कह रही हो। जो होता है अच्छे के लिये ही होता है, शायद सब ठीक ही कहते हैं प्रेम तो नाम ही है त्याग का। ऐसे कई विचारों ने उसके रहे सहे स्वाभिमान को भी तोड़ कर रख दिया।

दिल के हाथों मज़बूर हो वो पिया के घर जा पहुँचा। पिया घर में अकेली ही थी। उसे दरवाजे पर खड़ा देख कर पिया झट से दरवाजा लगाने लगी तो उसे रोकते हुए प्रांजल बोला....

"पिया तुम जो चाहती हो वही होगा पर प्लीज़ मुझ से कभी रूठना मत"

प्रेम है ही वो बला जो अच्छे से अच्छे स्वाभिमानी को भिखारी बना दे। पिया को प्रांजल का यूँ गिडगिडाना बहुत अच्छा लगा और वो मान गई। सब पहले जैसा हो गया किंतु कहीं न कहीं कोई

गाँठ रह गई जिसकी चुभन प्रांजल महसूस नहीं करना चाहता था। उसे लगा कि अब वो समय आ गया है जब पिया को माँ पिताजी से मिलवा देना चाहिए। एक दिन अवसर पाकर वह पिया को अपने घर ले आया। मां, पिताजी, कुमुद सब पिया से मिलकर बहुत खुश हुए। उसके पिता बोले...

"पिया, प्रांजल तो तुम्हारे लिए बिल्कुल पागल है। पूरा दिन पिया ऐसी पिया वैसी काश मैं भी तुम्हें देख पाता।"

"मतलब?"

"बेटा मुझे बहुत कम दिखाई देता है काफी सालों से डिपार्टमेंट वाले भी बिठा के सैलरी दे रहे हैं। सरकारी नौकरी का यही तो फायदा है"

"Sorry uncle"

सब हँसी खुशी चाय नाश्ते का लुत्फ़ ले रहे थे। तभी उसके चाचा अंदर आए, काला चश्मा लगाए छड़ी पकड़े प्रांजल को दवा की पर्ची पकड़ाते हुए बोले....

"ये दवाई कहीं नहीं मिल रही तुम कोशिश करना"

पिया के मन में संदेह अटका, उसे अब वहाँ कुछ ठीक नहीं लग रहा था। सब से वह आज्ञा ले कर चलने लगी तो प्रांजल उसे बाहर छोड़ने आया....

"प्रांजल....तुम्हारे पापा और चाचा से मिलकर बहुत अजीब लगा"

"पिया मैं समझ सकता हूँ मैं तुम्हें बहुत पहले ही बता देना चाहता था पर शायद आज सही मौका है। पिया हमारे खानदान में हर पुरुष की चालीस के बाद नजर कमजोर होने लगती है, साठ तक पहुँचते पहुँचते बिल्कुल खत्म भी हो सकती है। ये खानदानी बीमारी है।"

"क्या? इसका मतलब तुम्हें भी? ओ माई गॉड...तुमने मुझसे इतनी बड़ी बात छुपाई। तुम मुझे अपने पेरेंट्स से मिलाने क्या सोच कर लाये थे"

"मतलब? क्योंकि हम दोनों एक दूसरे से प्यार करते है और अब हमें शादी कर लेनी चाहिए।"

"एक मिनिट, एक मिनिट....पहली बात तो ये कि मैंने कब कहा कि मैं तुमसे प्यार करती हूँ या तुमसे शादी करूँगी।"

प्रांजल का दिल तो बैठा जा रहा था पिया कि हर अगली बात और कड़वी होती जा रही थी पर वो इतने पर भी नहीं रुकी.....

"मतलब ये कि तुमसे शादी करके मैं तुम्हारी वाइफ कम आया बन जाऊँ और कुछ ही सालों में तुम अंधे हो जाओ तो तुम्हारी माँ बन कर हॉस्पिटल के धक्के खाती रहूँ"

प्रांजल ने फिर भी उसे समझाने की कोशिश की.....

"पिया मैं अभी तेईस साल का हूँ और अगले सत्रह सालों में तो नई चिकित्सा तकनीक आ ही जाएँगी और वैसे भी अगर किसी दुर्घटना में मेरी या तुम्हारी आंखें चली जाएँ तो क्या हम एक दूसरे का साथ छोड़ देंगे?"

"बेकार की थ्योरी झाड़ने की जरुरत नहीं है'

"पर पिया....हमारे प्यार, हमारे रिश्ते का क्या?"

"कौन सा प्यार कौन सा रिश्ता तुम्हें कैसे पता कि ये प्यार है। हम उम्र लड़के लड़कियों मे एक दूसरे के प्रति खिंचाव या आकर्षण होता ही है। यानि एट्रेक्शन समझे ! इससे ज्यादा कुछ नहीं"

पिया ने बहुत बेरुखी से उत्तर दिया।

"पर पिया हम इस रिश्ते में बहुत आगे आ चुके है"

प्रांजल ने पिया को समझाने की एक और कोशिश की।

"आगे क्या मतलब है इसका...ओह,तो तुम बारिश वाली घटना के बारे में कह रहे हो क्या? तुमसे पहले भी मेरे बॉयफ्रैंड्स थे। IAm sure मुझसे पहले भी तुम्हारी गर्लफ्रैंड्स होगी और बॉयफ्रैंड्स, गर्लफ्रैंड्समें यह सब कॉमन है, Its notA big deal मुझसे पहले भी तुमने ये सब किया होगा। Lipkiss −All that-"

"पिया..."

गुस्से में प्रांजल का हाथ पिया को मारने के लिए उठ चुका था। पिया ने प्रांजल का ये रूप पहले कभी नहीं देखा था, क्रोध के मारे प्रांजल की दिमाग की नसें फटी जा रही थी, पिया तो जाने कब की चली गई और अपने साथ उनके रिश्ते की आखिरी संभावना को भी साथ ले गई। प्रांजल को संयमित होने में कई दिन लगे। अब कॉलेज भी खत्म हो चुका था। फिर सुनने में आया कि वो कोई कोर्स करने कनाडा चली गई है। प्रांजल समझदार और सुलझा हुआ युवक था वो जानता था कि एक तरफा प्रेम कभी सफल नहीं हो सकता। इसलिये उसने फिर कभी पिया से संपर्क करने की कोशिश नहीं की। उसने प्रोफ़ेसर का ऑफर स्वीकार कर लिया और दिलों जान से रिसर्च वर्क में जुट गया। निम्मी भी स्वैच्छिक रुप से उसकी सहायता करती। प्रांजल के बाद वो ही प्रोफ़ेसर की चहेती स्टूडेन्ट थी।

एक दिन घर जाते वक्त प्रांजल से त्यागी टकरा गया। त्यागी पहले से बहुत परिपक्व हो चुका था और अपना खानदानी बिजनेस सम्भालने लगा था। औपचारिक बातचीत के बाद दोनों गंभीर विषय पर आ गए.....

"कब तक पिया की याद मे घुलता रहेगा। जिंदगी तो आगे बढ़ने का नाम है।"

"ठुकराए जाने का दर्द तू नहीं समझ सकता यार"

"वो तो तूने भी कभी नहीं समझा, तूने भी तो निम्मी के प्रेम को ठुकरा दिया था पर वो फिर भी सबसे हँसती है, बोलती है और बिना किसी मतलब के तेरे काम में हाथ बटाती है। ये सब तुझे दिखाई नहीं देता"

त्यागी ने बातों बातों में एक रहस्य से पर्दा उठा दिया था....

"तुझे उसके टूटे हुए दिल को जोड़ना होगा प्रांजल, अगर तू पिया को, उसकी यादों अपने दिल से निकाल फेंकना चाहता है तो तुझे उसकी जगह निम्मी को देनी होगी। बाकी तेरी मर्जी, खुश रह मेरे यार।"

कहकर त्यागी प्रांजल को एक ज्वलंत प्रश्न के हवाले कर गया। किसी को ठुकरा देना हमें बहुत आसान लगता है लेकिन जब कोई हमें ठुकरा दे तो हमारे आत्मसम्मान को बहुत चोट लगती है। वास्तव में हम सब काणे है एक ही आँख से देखते है। अपनी भावनाएँ, अपना नजरिया.....बस।

अगली मुलाकात में ही उसने निम्मी के सामने विवाह का प्रस्ताव रखा जिसे उसने अश्रुपूरित नैनों से सहज स्वीकृति दे दी और दुल्हन बन कर निम्मी प्रांजल के घर आ गई। कुछ ही सालों में निम्मी और प्रांजल अच्छे सरकारी पदों पर काम करने लगे। कुमुद की भी शादी हो गई। जानते है किसके साथ, त्यागी के साथ। सब कुछ बहुत अच्छा चल रहा था। पिया की यादें साल दर साल जमीन में धँसती जा रही थी। निम्मी ने प्रांजल को हर खुशी दी और सबसे बड़ी खुशी पिता बनने की अब वह एक प्यारी सी बेटी मुस्कान का पिता बन चुका था। मुस्कान को अपने बाजूओं में लेते ही उसे लगा कि सही मायनों में आज उसके कंधे और पुष्ट हो गए है और छाती गर्व से फूल गई है।

जिंदगी इतनी सपाट चल रही थी कि हैरानी होती थी। ऐसा

लगता था कि अब कोई उथल पुथल या कोई झटका नहीं आयेगा.....

"मिस्टर प्रांजल, ये लीजिये" ये रेसेप्शनिस्ट की आवाज थी।

"अब तीन महीने बाद आना है दस अक्टूबर को"

पर्ची ले कर जैसे ही प्रांजल बढ़ा तो अपने अतीत को अपने सामने देख कर अवाक रह गया। सामने पिया खड़ी थी। इतने सालों बाद, सुंदर अब भी थी, मगर आँखों के नीचे गहरे काले धब्बों ने उसके चेहरे को निस्तेज कर दिया था। प्रांजल से रहा न गया....

"पिया तुम?" पिया ने भी उसे पल भर मे पहचान लिया।

"प्रांजल तुम, तुम यहाँ कैसे?"

"मैं भी यही पूछने वाला था। खैर....मेरा तो तुम जानती ही हो चालीस पार कर चुका हूँ तो ऑब्जर्वेशन के लिये आना ही पड़ता है। और तुम?"

पिया को चुप देख कर प्रांजल ने कहा....

"अगर तुम फ्री हो तो एक एक चाय पी लेते है, वैसे भी मौसम ठंडा हो गया है।"

पिया ने उसका प्रस्ताव बिना किसी न नुकुर के मान लिया। कैंटीन में चाय पीते पीते दोनों कॉलेज के दिन याद करने लगे। पहले प्रांजल ने अपने बारे में बताना शुरु किया कि कैसे उसकी निम्मी से शादी हुई, नौकरी लगी और फिर मुस्कान।

"अब तो पूरे दस साल की हो गई है बड़ी प्यारी है मेरी मुस्कान। अरे पिया तुम भी तो कुछ बताओ अपने बारे मे?"

"कुछ खास नहीं, कॉलेज के बाद कनाडा चली गई थी काफी साल कनाडा ही रही। वहीं जॉब करती रही। छह्ह साल पहले पापा की डेथ हो गई तो मम्मी ने यहाँ मेरी शादी कर दी। मिस्टर पवन मल्होत्रा के साथ, यू मस्ट बी नोइंग अटायर कलेक्शन के मालिक।

"अरे वाओ....तो तुम यहाँ कैसे?"

"पांच साल पहले मेरा बेटा अंश पैदा हुआ। उसके एक साल का होते होते हमें पता चल गया कि उसे डायबिटीज है। उसकी हर चीज को हमें ऑब्जर्वेशन में रखना पड़ता है उसकी डाइट, उसकी शुगर बाकी ब्लड टेस्ट और आँखों को भी। उसके लिये ही हॉस्पिटल के धक्के खाती फिरती हूँ।"

कहते कहते पिया रुआँसी हो गई। सब सुन कर प्रांजल को भी बहुत दुख हुआ। पिया की आँखों में पश्चाताप के आंसू थे।

"भगवान ने मुझे सजा दी है प्रांजल, तुम्हें जिस डर की वजह से मैंने ठुकराया था वही डर आज सच हो चुका है। अंश की रिपोर्ट दिखाने आयी हूँ यहाँ।"

पिया बोलती जाती थी और उसकी आँखों से आंसू टपकते जाते थे।

"तुम्हें ठुकरा कर मैं कभी सुकून से जी नहीं पायी। ऐसा हमें बस लगता है कि ठुकराना, ठुकराए जाने से ज्यादा से कम दर्दनाक है। एक बार ठुकराए जाने के बाद टूट कर आप फिर से जुड़ सकते है पर किसी को ठोकर मार कर उसके पश्चाताप में आजीवन घुलना पड़ता है। ख़ैर....जो मेरे भाग्य में है वो तो मुझे झेलना ही होगा। अब मैं चलती हूँ।"

कहकर पिया जैसे ही उठी उसकी रिपोर्ट नीचे गिर गई। पिया के झुकते ही प्रांजल को सालों पुरानी अपने प्रश्न का उत्तर मिल गया। गोल्ड और डायमंड की ब्रांडेड जूलरी पहने पिया की गर्दन में आज भी वही चाँदी की चेन पड़ी थी जो कभी उसने उसे प्रेमाउपहार में दी थी। पिया की गर्दन में इठलाती वह चेन पिया के भी प्रेम की गवाही दे रही थी, पिया के संभवत प्रेम की। प्रांजल यूँ ही एक टक कभी बारिश और कभी पिया को जाते हुए देखता रहा।

मोहभंग

आज फिर नैना बालकनी में खड़ी चुपचाप सुबक रही थी, आखिर इतनी बुरी खीर भी तो नहीं बनाई थी उसने कि उसकी सास ने इतना सुना दिया। बस थोड़ी सी लग ही तो गई थी। क्या उसने जानबूझ कर जलाई थी। आज आने दो प्रकाश को सब बता दूँगी। बताने से भी क्या होगा, उसे कौन सी उसकी फीलिंग्स की कदर है। अभी डेढ़ साल ही तो हुए है उसे इस घर आये, फिर भी सबकी पसंद नापसंद का ख्याल और जरुरत का ध्यान रखती है। फिर भी कभी इसका मुँह फूला रहता है तो कभी उसका। प्रकाश के घर में उसकी माँ और एक छोटा भाई है।

आज भी याद करती है तो अतीत के पन्ने अपने आप पलटने लगते है उसने बी.कॉम. पास किया ही था तभी किसी रिश्तेदार के माध्यम से प्रकाश का रिश्ता आया, उसके पिता तो थे नहींसो माँ (निर्मला) ने ही किसी कंपनी में काम करके उन्हें पाला था। आठ साल पहले वे एक कोर्ट केस जीत गये जिसमें उन्हें अपने दादा जी के चार मंजिला घर पर कब्जा मिल गया था। पूरे तीन फ्लोर किराये पर चढे हुए थे, जिसमें दोनों बहनों और माँ का गुजारा सम्मानजनक हो जाता था। उसकी माँ ने बताया कि उसके पापा ने ही उसका नाम नैना रखा था, क्योंकि उसकी आंखें बहुत सुंदर थीं। उसकी माँ सात महीने की गर्भवती थी जब उसके पिता की रोड़ दुर्घटना में मृत्यु हो गई, उसकी माँ यह आघात सह नहीं पाई और दो महीने पहले ही रैना (छोटी बहन) दुनिया में आ गई। हालाँकि वो इतनी काली भी नहीं थी लेकिन उसने आते ही उसकी माँ की दुनिया को काला कर दिया था शायद इसलिये निर्मला ने उसका नाम रैना (रात्रि) रख दिया था।

निर्मला जितना प्यार नैना को करती उतना रैना को नहीं करती थी, फिर वो थी भी कुछ ऐसी ही। उसे खेलना, सजना सँवरना या शरारतें करना अच्छा लगता था। पढ़ाई लिखाई या घर के कामों में उसकी कोई रुचि नहीं थी। औरतें तीन भी हो तो अकेली ही होतीं हैं, ऐसी हमारे समाज की सोच है पर निर्मला ने भी अपने आप को लोहे का बना लिया था। नैना और रैना कहाँ, कब, कितनी देर किस लड़के या पुरुष से बात करते हैं निर्मला इसका पूरा ध्यान रखती थी मगर अक्सर पिंजरे के परिंदे ही तो कैद से भागना चाहते हैं कोई आजाद पँछी तो कभी कहीं नहीं भागता। चूँकि नैना तो पढ़ाई में व्यस्त रहती थी और निर्मला ने घर में बिन्दी के पत्ते बनाने का छोटा सा प्लांट लगा लिया था। जीवन किसी तरह पटरी पर लौट आया था पर जल्द ही उन्हें एक नया आघात लगने वाला था। जब रैना उनके ही किरायेदार आसिफ के साथ अचानक भाग गई। लोग झूठमूठ सांत्वना देने आते और दरवाजे से बाहर निकलते ही बातें बनाने लगते.... "देखा घर में बाप या भाई न हो तो क्या होता है" तो कोई कहता..."अरे इसकी माँ ही कौन सी कम है, पता नहीं कैसी परवरिश की है।"सब कुछ सुन कर भी निर्मला की आँखों से एक आंसू भी न टपकता। हर ताने के साथ वह और कठोर होती गई।

पूरे छह महीने लगे सब कुछ सामान्य सा होने में। रैना की न तो कोई खबर आयी और न उन्होंने ढूँढने की कोशिश ही की। मगर इन सब से अलग नैना की एक निजी दुनिया भी थी। जब भी कभी खुद को निहारने बैठती तो लगता उसकी आंखें ही नहीं होंठ, नाक सब बहुत सुंदर है। कॉलेज में जब सहेलियां अपने अपने बॉयफ्रैंड्स की बातें सुनातीं तो उसका दिल रोमांचित हो उठता। वह सोचा करती, जब इन साधारण सी दिखने वाली लड़कियों के प्रेमी हैं तो इस हिसाब से उसे तो कोई बहुत सुंदर सा राजकुमार मिलेगा। कभी कभार उसकी टूटी–फूटी, धुँधली सी तस्वीर सपनों में भी देखा

करती। यूँ तो सभी सहेलियों के पास अपने अपने किस्से थे मगर सुमन सब से रंगीन थी। उसकी रंगीनियत के किस्से इतने दिलचस्प थे कि उसके चारों ओर मज्मा सा लगा रहता। वो एक साथ सात से आठ लड़कों को डेट किया करती और दिमागदार इतनी थी कि कब किस लड़के से कहाँ मिली, किससे क्या बात की, उसे सब याद रहता। उससे भी मजे का बात यह थी कि आठों के आठों लड़कों को कभी पता नहीं चलता कि वे एक ही लडकी को डेट कर रहे हैं। उसके बिंदासपन, बेफिक्री और खुशमिजाजी ने जल्द ही उन्हें दोस्त बना दिया। एकाध बार जब वो घर आई तो निर्मला ने पहली ही नजर में उसे ताड़ लिया और फरमान जारी कर दिया कि आगे से नैना उससे कभी न मिले।

इसकी नौबत ही नहीं पाई। जल्द ही उसकी बी.कॉम खत्म हो गई और कॉलेज खत्म होते ही प्रकाश का रिश्ता आ गया। उनकी बस दो ही माँगें थी कि लडकी सुंदर और घरेलू होनी चाहिए, बदकिस्मती से नैना दोनों को पूरा करती थी। रैना के उठाए कदम से निर्मला डर गई थी इसलिये उसने एक दिन लड़के वालों को बुला लिया। जब नैना ने आपत्ति जताई तो निर्मला ने कहा

"एक बार लड़के से मिल कर देख ले।"

निश्चित समय और स्थान पर प्रकाश के घर लोग आ गए। नैना ने धीरे से, कनखियों से प्रकाश को देखा तो उसकी रही सही उमंगे भी मर गईं। प्रकाश उसकी कल्पना के बिल्कुल उलट था। प्रकाश पक्के रंग का, मझोले कद का और बहुत ही साधारण दिखता था। सरकारी टीचर था, यह उसका एकमात्र ऐसा गुण था जिससे वो सीना ताने बैठाथा। प्रकाश की माँ ने उससे बहुत सारे सवाल किये तो प्रकाश को भी मौका दिया नैना से अकेले में बात करने का, जिसे प्रकाश ने सिरे से खारिज कर दिया।

घर आकर निर्मला जितनी खुश थी नैना उतनी ही घबरा रही

थी। प्रकाश के रंग के तरह ही उसे अपना भविष्य अंधकार में दिखाई देने लगा। उसने हिम्मत कर के अपनी माँ से कहा भी.....

"माँ, प्रकाश मुझे पसंद नहीं है"

"क्यों? कमी क्या है उसमें"

"खूबी भी तो कुछ नहीं है"

"कैसे नहीं है, पक्की सरकारी नौकरी है, अपना खुद का घर है, इकलौता लड़का है, गांव देहात में खेत हैं सो अलग। परिवार भी छोटा है, बहन है जो पहले से ही शादीशुदा है। बस प्रकाश, उसकी माँ, उसका भाई और चौथी तू। कितना बढ़िया है"

"पर माँ, प्रकाश जरा भी सुंदर नहीं है"

"तो सुन्दरता का क्या अचार डालेगी। कीमत तो इंसान के स्वभाव की आँकी जानी चाहिए। वैसे भी लड़कियों को कहां हक है कि किसी लड़के को उसकी सूरत की वजह से मना कर दें.....कहीं तूने भी तो रैना की तरह कोई खूबसूरत आसिफ तो नहीं ढूँढ लिया?" निर्मला एकदम चिंताग्रस्त होकर बोली।

"ये कैसी बात कर रही हो माँ?"

"तो फिर क्या बात है?"

"माँ, मैं उससे शादी कैसे करूँ जो न मुझसे प्यार करता है न मैं उससे"

"नैना, मेरी बच्ची....तू बहुत पागल है अगर वो तुझे पसंद नहीं करता तो इस रिश्ते को हाँ कैसे करता और जहाँ तक तेरी बात है घर–गृहस्थी निभाते निभाते औरत के लिये पति का साथ इतना जरूरी हो जाता है कि जाने कब प्रेमांकुर फूट पड़ता है कि पता ही नहीं चलता। मैं भी कहां तेरे पापा को प्यार करती थी, मगर शादी है ही ऐसा बँधन कि एक दो सालों में ही हम जन्मजन्मांतर के साथी

बन गए। तू चिंता मत कर ईश्वर की कृपा से सब अच्छा ही होगा।"

निर्मला तो यह कहकर चली गई मगर उसे एक बात सालती रही कि फिर रैना को आसिफ जैसा सुंदर लड़का कैसे मिल गया। रैना ही क्यों उसके कॉलेज की वो लड़कियाँ, यहाँ तक कि सुमन भी जो जरा भी सुंदर नहीं थी फिर भी लड़के मजनू बने घूमते थे उसके आगे पीछे। उसका ड्रीम मैन तो आज से सपनों में भी नहीं आयेगा। दिल से आह निकली और उसकी आँख लग गई।

निर्मला ने अकेले होते हुए भी शादी की व्यवस्था बहुत अच्छी की थी और प्रकाश को काफी कुछ दिया भी था और इस तरह नैना अपनी ससुराल आ गई। तभी स्कूटर का हॉर्न बजा और नैना वर्तमान में आ गई। उसने झांक कर देखा तो प्रकाश आ गया था। स्कूल के बाद वह एक ट्यूशन सेन्टर में कोचिंग भी दिया करता था। इसलिये शाम सात बजे ही घर आया करता था। उसे भी तो शादी किये डेढ़ साल हो गए है पर उसे तो प्रकाश से अभी तक प्रेम नहींहुआ। हाँ, पहले जैसी नफ़रत तो नहीं रही, मगर क्रोध तो बहुत बढ़ता जब प्रकाश बाहर से आते ही अपनी माँ और भाई से गप्पे मारने लगता। ये तो कोई बात न हुई कि सारा दिन घर में पिसे वो, इंतजार करे वो और प्रकाश आते ही अपनी माँ के आंचल में दुबक जाता, सबसे आखिर में नैना का नंबर आता। हमेशा की तरह अंदर आया और कहने लगा......

"नैना क्या बात है आज फिर कोप भवन में?" (प्रकाश बालकनी को कोप भवन कहता)

नैना भी फट पड़ी.....

"तुम्हारी माँ है न, हमेशा मेरे पीछे पड़ी रहती है। मैंने इतने चाव से खीर बनाई थी और वो......"

"हाँ खाकिर ही आया हूँ, बहुत स्वाद थी"

"है ना"

"मगर जल गई थी"

"आखिर तुम भी तो उन्ही के बोल बोलोगे"

"अरे क्या हुआ, अगर उन्होंने कुछ बोल भी दिया तो.....चलो अब मूड ठीक करो खाना खाने के बाद बाहर चलते है"

हमेशा लीपापोती करने के लिये प्रकाश ऐसे ही उपाय खोजता। उसे पता था कि नैना को घर के घुटन भरे माहौल से बाहर जाना कितना पसंद था। शादी के बाद दोनों हनीमून भी नहीं जा पाये थे। जब शादी हुई तो दीपक (प्रकाश का छोटा भाई) नौवीं कक्षा में था। छह महीने तो यूँ ही गुजर गए और फिर दीपक दसवीं में आ गया और अब प्रकाश कहता है जब तक दीपक बारहवीं नहीं कर लेता दोनों कहीं घूमने नहीं जाएँगे। इसलिये पड़ोस के चौक बाजार तक घुमाने को ही अपने पति धर्म की इतिश्री समझता। घुमाने का भी तो सिर्फ नाम ही करता था। कभी गोल गप्पे, कभी चाट खिला दिया तो कभी आईसक्रीम या गुलाब जामुन। उसमें भी जल्दी मचाए रहता, उसे नौ बजे तक घर जाने की जल्दी रहती क्योंकि नौ से साढ़े दस तक वो दीपक को पढ़ाया करता। दीपक भी कोई मेधावी छात्र तो था नहीं जो एक बार में समझ पाता, वो उसका दिमाग अच्छी तरह चाट जाता। जब तक वो अपने कमरे में पहुँचता तन मन से इतना थक जाता कि मान–मनुहार तो दूर, बात करने की भी इच्छा न होती। आते ही बिस्तर पर पड़ जाता और घोड़े बेचने लगता। यहाँ तक कि शनिवार इतवार भी बहुत व्यस्त रहता क्योंकि कई चहेते छात्र छात्राएँ अपने अपने सवाल लेकर घर आ जाते। प्रकाश उन सब को बड़े प्रेम से समझाता, बार बार समझाता। नैना का पूरा दिन चाय बनाते बनाते बीतता। शाम का समय बचता तो घर के काम में लग जाता। सबके साथ इतना बोल बोल कर इतना थक जाता कि नैना से दो बातें करने पर भी उसे जोर पड़ता। एक एक शब्द ऐसे

बोलता जैसे कि मानो एस. टी. डी. कॉल चल रही हो। क्या उसकी सारी जिंदगी यूँ ही बीतेगी बदरंग और बदहाल।

जिंदगी में कुछ नया, कुछ उत्साह, कुछ उमंग ही न बची थी, मगर नैना भी बडी ढीठ थी, अपनी आशावादिता का दामन कस कर पकड़ के बैठी थी। हर सुबह उम्मीद की लौ जलाती कि सब ठीक हो जाएगा और रात होते होते खुद ही उस लौ को बुझा देती। अगली सुबह उसने अपनी बोरियत दूर करने का एक उपाय किया। उसकी सासु माँ यूँ तो अक्सर खुद ही सब्जी तरकारी लाना और बाहर के छोटे छोटे काम खुद ही किया करती। पर उस दिन नैना ने आग्रहपूर्वक खुद सब्जी लाने को कहा। पहले तो वह आश्चर्य मे पड़ गई फिर बोली....

"हमारे यहाँ बहुएं घरों में रहती है और बस घर का ही काम करती है"

"पर सासु माँ"

"जाने भी दो भाभी को, वैसे सारे दिन घुटना पकड़ कर बैठी रहोगी"

कहकर दीपक ने सासु माँ की बात काट दी। उन्होंने बेमन से ही सही जल्दी आने की हिदायत के साथ स्वीकृति दे दी। सब्जी का थैला उठाए घर से निकल कर उसे ऐसा महसूस हुआ कि सब्जी मण्डी नहीं किसी मॉल मे शॉपिंग करने निकली है। जब सब्जी मण्डी पहुँची तो समझ आया कि वो ठीक ठाक सब्जी पका तो सकती है पर खरीद नहीं सकती। उसे समझ ही नहीं आ रहा था कि कौन सी सब्जी कैसे चुननी चाहिए। उससे जैसा बन पड़ा, उसने थैला सब्जियों से भर लिया और सामने से आती एक कार से टकराती टकराती बची।

"ऐ अंधी है क्या?"

गाड़ी एक औरत चला रही थी जो सॉरी सॉरी करते हुए बाहर निकली।

"अरे, ये तो सुमन है"

उसने भी उसे तुरंत पहचान लिया और फिर शुरु हुई उनकी बातें......कभी न खत्म होने वाली बातें।

"अरे सुमन कैसी है तू?"

"हमेशा की तरह मस्त जबरदस्त" (सुमन ने अदाएँ भर कर कहा)

"यार तेरी शादी हो गई तूने बुलाया भी नहीं"

"तेरी मम्मी को मुझसे इतनी चिढ़ थी कैसे बुलाती। खैर....सारी बातें सड़क पर ही कर लेगी, चल मेरे साथ बढ़िया सी कॉफी पिलाती हूँ।"

ये एक ओपन रेस्टोरेंट था, जल्द ही कॉफी भी आ गई।

"हूँ, अब बता कैसे है जीजा जी?" (सुमन ने छेड़ते हुए पूछा)

"ठीक हैं सरकारी टीचर हैं साथ ही ट्यूशन भी पढ़ाते हैं"

उसके ठाठ बाट के सामने उसने अपनी हीनता को ढकने का असफल प्रयास किया।

"खैर तू बता, तू आजाद चिड़िया थी तो पिंजरे मे कैसे फंस गई? तू तो एक टाईम में आठ दस को घुमाने वाली थी"

"क्या बताऊँ उसमें से एक के सामने टाईमिंग खराब हो गई। सेंटी हो गया था तो शादी करनी पड़ी। यहीं बिल्डिंग मटेरिअल सप्लायर है, खानदानी बिजनेस है, पुनीत नाम है। मुझे किसी चीज की कमी नहीं रखता।"

"चल शादी ने तुझे सुधार तो दिया"

"किसने कहा?"

"मतलब तू अब भी आठ—आठ?"

"वेट वेट.....अब नहीं एक साथ बस दो को ही हैंडल कर पाती हूँ। आई एम आलसो ए रिस्पोंसिब्ल हाउस वाइफ"

और दोनों ठहाके मार कर हँसने लगे, उसने बात ही कुछ ऐसी कर दी।

"तू नहीं सुधरेगी, यार तू ये सब कैसे मैनेज कर लेती है?मैं तो एक के साथ भी टाईम मैनेज नहींकर पाती।"

"नैना सब कुछ एक ही मुलाकात में पूछ लेगी क्या? चल अपना नंबर दे, अब तो मिलते ही रहेंगे।"

"हाँ हाँ क्यों नहीं"

एक दूसरे को अपना अपना नम्बर देकर दोनों अपनी अपनी मंजिलों पर बढ़ गई। सारे रास्ते उसकी किस्मत पर रश्क खाते खाते नैना सोचती रही कि ईश्वर भी किसी किसी की किस्मत तो सुनहरे अक्षरों मे लिखता है तो किसी की कालिख से। सब्जी का थैला रसोई में रखकर बैठे कुछ मिनिट ही हुए थे कि उसकी सासु माँ के चिल्लाने की आवाज आने लगी। जो एक एक सब्जी का निरीक्षण करती जा रही थी और चिल्लाती जा रही थी।

"एक तो इतनी देर में आयी है उस पर ये सब्जी खरीद कर लाई है बहूरानी। ये "आलू" इन्हें इतना नहीं पता कि इसकी सब्जी मीठी बनेगी, ये "बैंगन" भरते के लिये, जिसमें पिल्लू जरूर निकलेगा। ये कठहल पका हुआ है, प्याज पहले से ही गली हुई है, टमाटर सड़े हुए है। पूरे डेढ़—दो सौ रुपये का सत्यानाश और करा लो इनसे खरीदारी।"

सासु माँ ने दीपक को सुनाते हुए कहा....

"अब बस भी करो माँ, शायद उन्होंने पहली बार खरीदी होंगीं"

"यही तो, सब्जी चुनना कॉलेजों में तो सिखाया नहीं जाता। ये सब तो इसकी माँ ही सिखाती जो उसने कभी सिखाया नहीं।"

माँ की बुराई तो कोई औरत नहीं सुन सकती। फिर भला वो चुप कैसे रहती।

"बस कीजिए सासु माँ, मेरी माँ के बारे में कुछ कहने की जरूरत नहीं। क्या आपने सिखा दिया अपने बेटों को सब्जी खरीदना।"

अब तो उनका क्रोध उफान पर आ गया।

"देखो बहू, मुझसे जुबान लडाने या ऊँची आवाज में बात करने की जरुरत नहीं है और आगे से सब्जी लाने की भी नहीं। आने दो प्रकाश को, उस से ही बात करूँगी।"

नैना गुस्से में दरवाजा बंद कर आ पड़ी।

"आज आने ही दो प्रकाश को, आज फैसला हो ही जाए। इस तरह ताने सुनते रहने से तो अच्छा है मैं अपनी माँ के पास जा कर रहूँ। आज गोल गप्पों या आईसक्रीम में प्रकाश को नहीं छोड़ने वाली।"

गली में ही प्रकाश के स्कूटर की आवाज आते ही नैना भी ड्राइंग रूम में पोजीशन ले कर खड़ी हो गई। क्योंकि शिकायत लगाने का पहला मौका वो सासु माँ को नहीं देना चाहती थी।

"क्या हुआ?"

मरघट जैसी शांति देखकर प्रकाश बोला। कुछ बोलने से पहले दीपक ने तटस्थता से सब स्थिति कह सुनाई।

"नैना, तुम अपने कमरे में जाओ"

"मगर प्रकाश"

"मैने कहा ना, मैं अभी आता हूँ"

वो तो गुस्से में भरी बैठी थी ...

"अब क्यों आए हो मेरे पास? अपनी माँ के घाव तो सहला लो जो मेरे जबान लड़ने से हो गए हैं।"

"इतना कड़वा क्यों बोल रही हो? वो बड़ी हैं, कुछ कह भी दिया तो क्या हुआ। जाने दो, चलो मैं तुम्हें बाहर घुमाकर लाता हूँ।"

"मेरी माँ भी तो बड़ी है वो तो कभी ऐसा नहीं कहती, नहीं मैं अब तुम्हारी बातों में नहीं आने वाली।"

"ठीक है तो तुम्ही बताओ मैं क्या करूँ?"

"सासु माँ से अच्छी तरह कह दो कि बात बात पर मुझे ताने मारने की कोई जरूरत नहीं और मेरी माँ को तो बिल्कुल बीच में न लाया करें।"

"अच्छा ठीक है कह दूँगा अब खुश या कुछ और भी बाकी है?"

"मुझे मेरी मम्मी के पास छोड़ आओ, जब मेरा मन करेगा बता दूँगी। वापस लेने आ जाना।"

"ये क्या बचपना है नैना? तुम तो जानती हो माँ की तबियत खराब रहती है, घुटने भी दर्द करते हैं। वो यहाँ सब कैसे सम्भालेंगी?"

"मुझे कुछ नहीं पता, जैसे मेरी शादी से पहले सम्भालती थी, संभाल लेगी।"

"ठीक है....जो जी में आये करो। मैं कल ही तुम्हें छोड़ आउंगा।"

निर्मला दोनों को देख कर बहुत खुश हुई मगर साथ में सामान के बैग को देख कर परेशान भी हो गई।

"कैसे हो प्रकाश बेटा? बहन जी और दीपू कैसे है?"

उसे लगा कि प्रकाश अब तब उसकी शिकायतें शुरु करेगा

लेकिन ऐसा कुछ नहीं हुआ। बहुत ही सयंत हो कर प्रकाश बोला......

"आप के आशीर्वाद से सब ठीक है वो तो नैना कई दिनों से आपके पास आने की जिद कर रही थी इसलिये। अच्छा मम्मी मैं चलता हूँ।"

"नैना तू घर आई, बहुत अच्छा किया बेटा। तेरा ही घर है, मगर कोई मन मुटाव या लडाई झगड़ा तो नहीं हुआ? सब ठीक तो है? प्रकाश ने कुछ कहा तो नहीं?"

"बस बस बस, मम्मी मैं यहाँ रिलैक्स होने आयी हूँ वहाँ के बारे में मत पूछो।"

"फिर भी कुछ बता तो सही।"

"देखो प्रकाश, प्रकाश तो कुछ कहते ही नहीं। उनके भी बदले का मेरी सास सुनाती रहती है बस अब बहुत हो गया। मैंने भी कह दिया अभी मेरी माँ ज़िंदा है और मैं तुम्हारे पास आ गई। छोड़ो ये सब मैं पूरे घर का एक राउंड ले कर आती हूँ।"

ऐसा करते हुए नैना खुद को एक शेर जैसा महसूस कर रही थी और प्रकाश के घर में उसे एक मेमने की तरह घुटना पड़ता है। ये करो, ये मत करो, ये ऐसे करो और भी न जाने क्या क्या। छत पर पहुँच कर खुली उन्मुक्त हवा में लंबी लंबी साँसें क्या भरी की दिल दिमाग दोनों हल्के हो गए।

अगली ही सुबह उसने सुमन से मिलने का प्लान बनाया। उसने उसे फोन पर बताया कि आजकल वो अपने मायके में है। इस मामले में सुमन और नैना के ख्यालात बिल्कुल एक जैसे थे।

"अच्छा किया, वैसे भी तुझे कौन सा सुख मिल रहा था वहाँ।"

"अब तू बता कैसे चल रहा है तेरा 50—50?"

"गुड यार, पुनीत को अकसर घर से दूर रहना पड़ता है तो मुझे

और सूरज को बहुत समय मिल जाता है।"

"तुझे डर नहीं लगता कभी पकड़ी गई तो?"

"देख नैना हम औरतों के पास दो ही रास्ते हैं नम्बर एक या तो हम सारी जिंदगी पतिव्रता और आदर्श स्त्री बन कर रहें और अपनी छोटी छोटी खुशियों के लिये पति और घरवालों के मोहताज रहे या नम्बर दो अपनी खुशी खुद छीन ले और आज में जियें कल की फिक्र छोड़ दें। मेरा तो सीधा सा फंडा है जो कल होगा उसके लिये आज क्यों बर्बाद करूँ? और क्या पता वो कल कभी आये ही न। तू ही बता पूरी कॉलेज लाईफ में तेरा एक भी बॉयफ्रेंड नहीं था और अब भी तू अपनी इच्छाओं की पूर्ति के लिये अपने पति का मुँह ताकती रहती है। जाने कब उसके पास समय हो, पैसा हो या मूड हो जबकि तू ये भी नहीं जानती कि जिंदगी का कुछ पता नहीं, कब खत्म हो जाए।"

उसकी ऐसी दार्शनिकतावादी बातों ने नैना पर जादू सा कर दिया। बात कड़वी जरुर थी किंतु सच भी थी। कुछ इधर उधर की बातें कर के दोनों अपने घरों को लौट गईं। आज कल निर्मला की तबीयत कुछ ठीक नहीं रहती। उसे बहुत पुरानी शुगर की बीमारी है। कुछ सालों से इंजेक्शन भी लगाने पड़ते है। मगर उसने हमेशा से बच्चों के साथ साथ खुद का भी अच्छा ख्याल रखा और उन्हें कभी उसे दवाई या इंजेक्शन याद कराना नहीं पड़ा। आजकल निर्मला नैना से भी बहुत कम बात करती है।

उस दिन माँ और बेटी बरामदे में बैठे धूप सेक रहे थे कि पड़ोस की भाटिया और गोसाई आंटी की बातचीत की आवाज सुनाई दी।

"एक तो भाग गई और दूसरी कितने दिनों से मायके में आ के पड़ी है।"(ये भाटिया आंटी की आवाज थी)

तभी गोसाई आंटी बोली।

"अरी बहन, ऐसी लड़कियों को रखेगा भी कौन? इनकी माँ तो किराया बटोरने और पैसे छापने में लगी रही तो ये तो होना ही था।"

नैना गुस्से में उन्हें जवाब देने उठी ही थी कि निर्मला ने हाथ पकड़ कर बिठा लिया। उसकी बंद किंतु नम आंखें बता रही थी कि उसने इस ज़हर को पीने की आदत डाल ली है। तो वो भी मन मसोस कर बैठ गई। यहाँ उसे आये बीस दिन हो गए लेकिन प्रकाश ने बस दो तीन बार फोन किया था और उसमें भी गिने चुने शब्द। बातें तो सुमन किया करती थी। उसकी लव लाईफ की बातों को सुनकर नैना रोमांचित हो उठती। कभी पुनीत की बातें तो कभी सूरज की नॉटी बातें।

"सुमन, सूरज मैरिड है?"

"नहीं यार मुझसे तो तीन साल छोटा ही है"

"ओ माई गॉड, तो तुम लोग मिलते कहां हो?"

"कहीं भी किसी भी होटल में। मेरे पास पैसों की कोई कमी नहीं और उसके पास समय की....बस जिंदगी तो बहुत मौज मे कट रही है। तू बता, तूने क्या सोचा है आगे?"

"समझ नहीं आता क्या करूँ? प्रकाश के घर से तो बाहर निकलना भी मुश्किल है बस घुटते ही रहो।"

"सुन, तू जॉब क्यों नहीं कर लेती। तुझे उस घर से कुछ देर की आजादी भी मिल जाएगी और क्या पता तुझे भी कोई सूरज मिल जाए।"सुमन ने छेड़ते हुए कहा।

सुमन ने मजाक मजाक में ही सही बड़े पते की बात कह दी थी। विचारों के भँवर में उलझी जब नैना घर पहुँची तो घर पर मदन अंकल और कुछ लोग उसकी माँ से मिलने आये हुए थे। मदन अंकल उनके बहुत पुराने वकील थे उन्होंने ही केस जीत कर उनको उनके घर पर कब्जा दिलाया था। नैना नमस्ते कर के अंदर चली

गई। जब वो लोग चले गए तो नैना ने पूछा....

"माँ, मदन अंकल क्यों आये थे?"

"कुछ नहीं तू हाथ मुँह धो कर खाना खा ले"

इसी तरह आठ दस दिन और निकल गए। कल सुमन नैना को पुनीत और सूरज से एक साथ मिलवाने वाली थी। एक ही रेस्टोरेंट में सूरज और पुनीत बैठे हुए थे अलग अलग सीटों पर। बहुत ही शातिर तरीके से उसने पहले उसे सूरज के पास बिठा दिया और खुद पुनीत से मीठी मीठी बातें करती रही और जब पुनीत को जाना था तो जाते जाते नैना और सूरज से भी पुनीत को मिलवा दिया। बेचारा पुनीत सोचता रहा होगा कि सूरज नैना का दोस्त है। बड़े प्रेम से उसने सुमन से विदा ली। उसके जाते ही सुमन अपने रूप में आ गई और सूरज के साथ अठखेलियाँ करने लगी वह तो उसका त्रिया चरित्र देख के दंग ही रह गई। वाह भई वाह... पल मे तोला पल में माशा।

घर आयी तो उसे माँ कहीं दिखाई नहीं दी। निर्मला अपने बेडरूम की चेयर पर सर झुकाए बैठी थी। जब कई बार आवाज देने पर भी कोई उत्तर नहीं आया तो उसने उसे झिंझोडा और वो एक तरफ लुढक गई। नैना समझ गई थी कि आज वो अनाथ हो गई है। उसने अपने डॉक्टर अंकल को फोन किया। उसके रोने की आवाज सुनकर पड़ोसी एकत्रित हो गए। क्या हुआ कैसे हुआ नैना सब को बताते बताते थक गई। प्रकाश भी सब लोगों से साथ घर पहुँच गया। दाह संस्कार की सभी रीति रस्में निभाने में पंद्रह दिन और निकल गए मगर सारी जिम्मेदारी प्रकाश ने स्कूल से अवकाश ले कर अपने कंधों पर संभाल ली।

प्रकाश के एक बार कहने पर ही नैना सुसराल जाने को तैयार हो गई। कुछ दिन बहुत आराम से कटे। प्रकाश की माँ भी रसोई

में कुछ दखल नहीं देती थी और प्रकाश भी नैना के लिये ज्यादा से ज्यादा समय निकालने की कोशिश करता। मगर ये तूफान से पहले की शांति थी और एक सुबह अचानक सासु माँ चिल्लाने लगी ......

"प्रकाश, प्रकाश जल्दी आ। देख, इसकी माँ जाते जाते क्या कर गई?"

"अरे माँ क्यों चिल्ला रही हो सुबह सुबह"

"शर्मा बिचोलिये का फोन आया था, इसकी माँ वो घर बेच कर मरी है और वसीयत भी बना गई है। पता नहीं क्या बता रहा था लेकिन तेरे पल्ले एक भी पैसा नहीं पड़ेगा। बड़ी तेज निकली"

प्रकाश उन्हें समझाते बुझाते अलग कमरे में ले गया। नैना ने मदन अंकल से पूछा तो उन्होंने बताया कि सारे पैसे उन्होंने दस साल के लिये एफ. डी. कर दिये हैं और दस साल बाद भी वह निश्चित रकम ही निकाल सकेगी। उसकी माँ ने ऐसा क्यों किया होगा? इसी विषय को ले कर घर में तना तनी रही। घर में उसका दम घुटता था और अब तो कोई और ठिकाना भी न रहा। मगर एक उपाय हो सकता था। उसने प्रकाश के आते ही नौकरी करने की ज़िद पकड़ ली.....

"ये तो बहुत अच्छी बात है, तुम चाहो तो जिस कोचिंग सेन्टर में मैं पढ़ाता हूँ वहीं तुम्हारी भी बात कर लेता हूँ।"

"नहीं मुझे पढ़ाना अच्छा नहीं लगता"

वैसे भी घर से बाहर निकल कर वह उसकी छाया नहीं बनना चाहती थी।

"ठीक है मैं करता हूँ कुछ"

घर का माहौल बहुत बोझिल था। दीपक नैना और उसकी सास के बीच का पुल था। उसे या उन्हें जो भी बात करनी होती दीपक

के माध्यम से ही करते। तीन चार दिन बाद ही प्रकाश की सिफारिश से नैना सेंटक्स कंपनी में इंटरव्यू देने गई। रिजल्ट तो पता ही था तो नैना सेलेक्ट हो गई। ये नौकरी सिर्फ नौकरी नहीं थी उसकी आजादी, उसकी मनमर्जी का टिकट भी थी। सेंटक्स एक टेलीकाम कंपनी थी पर उसका काम क्लेरिकल था। सभी स्टाफ की हाजिरी, उनकी लीव्स का रिकॉर्ड रखना, सैलरी बनाना..... बस यही सब नैना का काम था जो वह बहुत जल्दी सीख गई।

"हैल्लो मिस ब्यूटीफुल"

ये सुन कर वह चौंक गई। उसे इस तरह से कभी किसी ने नहीं पुकारा था।

"आई एम आनंद, हाऊ आर यू?"

वो पता नहीं क्या क्या बोले जा रहा था और उसकी, उसकी तो जैसे तो सिट्टी पिट्टी गुल हो गई। छह फुट ऊँचा, स्मार्ट, वैल ड्रेस्ड, आकर्षक व्यक्ति आज उसकी खूबसूरती की तारीफ कर रहा था ऐसा लगा आनंद ने उसके ड्रीम मैन की धुँधली और अधूरी तस्वीर को पूरा कर दिया। क्या उसके बोलने का अंदाज था, क्या उसके परफ्यूम की खुशबू, और क्या उसका सेंस ऑफ हयूमर। नैना तो मंत्रमुग्ध हो गई।

"अरे आप कुछ बोलती क्यों नहीं, मैं कब से बोले जा रहा हूँ"

"जी मैं नैना, अभी कुछ ही दिन हुए हैं ऑफिस जॉइन किये"

"वेरी गुड, चलिए आप से मिलकर अच्छा लगा और अब तो मिलते रहेंगे"

उसने बातों बातों में अपनी महिला कर्मियों से उसके बारे में पूछा तो उन्होंने बताया कि ज्यादातर वो ऑन कॉल रहता है। जहां भी सॉफ्टवेयर में खराबी आती है आनंद को वहीं जाना पड़ता है। आनंद अनमैरिड है ये जान कर न जाने क्यों नैना को अच्छा लगा।

ऑफिस के बाहर ही सुमन अपनी कार लेकर उसका इंतजार कर रही थी। नैना तो रोजमर्रा की ही तरह उससे बातें कर रही थी पर उसने उसकी आवाज की चहक को पहचान लिया।

"क्या बात है आज तो तू बहुत खुश लग रही है"

"ऐसा तो कुछ नहीं है"

"अब बता भी सही"

"तुझे पता है सुमन, आज एक बहुत स्मार्ट लड़के ने मेरी खूबसूरती की तारीफ की"

"वेरी गुड, और तूने क्या कहा?"

"मै तो कुछ कह ही नहीं पाई, बस उसे देखती ही रही"

"अच्छा, तो लगता है तुझे तेरे सपनों का राजकुमार मिल ही गया"

"धत, वैसे भी अब क्या फायदा?"

"इसका क्या मतलब है? तू अभी ज़िंदा है। शादी हुई है मरी नहीं है। तू अब भी ख्वाब देख सकती है।"

"यार, पर ये तो गलत है न?"

"मुझे ये ही बकवास पसंद नहीं है। औरतों को पतिव्रता जरुर बनना है चाहे घुट घुट कर जीना पड़े और वैसे भी कितने पति, पत्नीव्रता होते है। मेरा तो मानना है कि जिंदगी एक नदी है तो उसकी लहरों से लड़ना नहीं चाहिए बस चुपचाप उसमें बहने का लुत्फ़ लेना चाहिए।"

"बस बस बस, ऐसा भी अभी कुछ नहीं हुआ है। चल फिर मिलते है।"

उसके सामने तो उसने कह दिया मगर वह जानती थी कि

आनंद ने उसके दिलों दिमाग पर जादू सा कर दिया था। सच ही तो कहा था सुमन ने, वह अब भी बिल्कुल वैसी ही दिखाई देती है जैसी शादी से पहले दिखाई देती थी। कुछ भी तो नहीं बदला, शीशे के सामने बैठे बैठे खुद को निहारते वक्त वह सोच रही थी। ऑफिस पहुँच कर उसकी नजरें सिर्फ गेट पर थी। आनंद के ऑफिस आने का कोई निश्चित समय नहीं था, कभी ऑफिस आ कर कॉल पर जाता तो कभी कॉल निपटा कर ऑफिस आता और कभी कभी तो शहर के बाहर भी जाता। लंच का समय हो गया था, सब डिब्बा खोलकर खाना खाने बैठे। उसने पालक के कोफ्ते बनाए थे, तभी आनंद ऑफिस में दाखिल हुआ। ऐसे लगा जैसे सारा ऑफिस जगमगा उठा हो, उसकी मदमाती खुशबू से महक उठा हो।

"हैल्लो टू ऑल, लेट मी शेयर योर फूड"

कहकर वो खाने बैठ गया। कितने चाव और रुचि से खाना खाता था आनंद, और खाते खाते सबकी तारीफे भी करना नहीं भूलता था। उसके बनाए कोफ्ते तो उसे इतने अच्छे लगे कि बोला......

"वाह नैना मैडम, आप तो बहुत अच्छा खाना बनाती है। आपके हसबैण्ड तो बहुत लकी है।"

उसको अपना सारा खाना खिलाकर भी नैना के दिल में एक सुकून था।

"सॉरी मैडम, स्वाद स्वाद में मैं आपका सारा खाना खा गया।"

"कोई बात नहीं"

"नहीं मैं आपके लिये बाहर से मँगवा देता हूँ। क्या मंगाऊँ?"

"कुछ नहीं"

"चलिये खैर मेरी तरफ से आपका लंच उधार रहा।"

कहकर वो अपनी अगली साइट पर चला गया। शाम को नैना

ने घर पर भी बड़े मन से खाना बनाया लेकिन प्रकाश खाना भी ऐसे खाता था जैसे कोई काम खत्म करना है। न चाव न रुचि। नैना आज कल कुछ ज्यादा ही थक जाती थी। ऑफिस और घर दोनों मैनेज करने में। दीपक ने दाल की कचौड़ियाँ खाने की फरमाइश की तो सासु माँ तुरंत मान गई और उसे कुछ बनाना नहीं पड़ा। नींबू के अचार के साथ चार कचौड़ियाँ टिफिन में लेकर नैना ऑफिस पहुँच गई। आनंद ऑफिस में ही था।

"हैल्लो नैना, यू आर लुकिंग वेरी गुड"

"थैंक यू"

वह भी झिझक छोड़ कर थोड़ा थोड़ा खुलने लगी थी।

"अरे आज क्या लाई हैं टिफिन में?"

नैना ने टिफिन उसके हाथ में पकड़ा दिया। तारीफ करते करते आनंद सारी कचौड़ियाँ खा गया।

"वाह नैना वाह ! मन तो करता है कि बनाने वाले के हाथ चूम लूँ।"

"हाँ हाँ क्यों नहीं, उसके लिये तो तुम्हें मेरे घर आना पड़ेगा।"

"मतलब"

"मतलब कि ये मेरी सास ने बनाई है"

उसका उतरा हुआ मुँह देख कर नैना बहुत हंसीं और वो अपनी झेंप मिटाने के लिये वहाँ से चला गया। लेकिन उस दिन लंच उन्होने बाहर ही किया। नैना दिन ब दिन उसकी जिंदादिली की कायल होती जा रही थी। आखिर किस चीज में आनंद की रुचि नहीं थी। कुकिंग हो, फैशन हो, खेल, सिनेमा या पढ़ाई हो, हर चीज में वह प्रशंसनीय ज्ञान रखता था। आनंद वाकई उसका ड्रीम मैन था। तो क्या हुआ अगर वो उससे मिलने में डेढ़ साल लेट हो गया?

इसमें नैना या उसका क्या दोष है?

पहले लंच वे सबके साथ ऑफिस कैंटीन में करते थे, अब अलग एकांत में करने लगे। पहले महीने के आखिर में ऑफिस की तरफ से एक फिल्म देखते थे, अब अकेले भी देखने लगे। पहले सिर्फ प्रोफेशनल या इधर उधर की बातें किया करते थे अब पर्सनल भी करने लगे। धीरे धीरे उनकी बातों का सिलसिला और सीमित हो गया अब वे अपनी लव लाइफ भी एक दूसरे से डिसकस करने लगे। उसकी फ्लर्टिंग की आदत जो नैना को बहुत पसंद थी पर यदि वो किसी और के साथ फ्लर्टिंग करता तो नैना जल भुन उठती। उसके नाराज होने पर वह कहता....''ये क्या तुम्हारे साथ करूँ तो ठीक और किसी के साथ करूँ तो गलत।''

आनंद को लड़कियों से दोस्ती करना बहुत पसंद था। उसने ईमानदारी से ये भी बताया कि अब तक वो कई लड़कियों को डेट कर चुका है।

''बट नैना यू आर ए कम्पलीट पेकैज, तुम बिल्कुल वैसी हो जिसके साथ जिंदगी सैटल हो सकती है। मगर अब तक तुम्हारे सिवा कोई भी लडकी ऐसी नहीं मिली जिससे शादी तो क्या लिव इन में भी रह सकूँ। वैसे भी आई एम जस्ट ट्वेन्टी सैवन और तीस से पहले मैं शादी नहीं करना नहीं चाहता।''

उसने भी अपनी जिंदगी के सारे चिठ्ठे उसके सामने खोल के रख दिये। फिर उसने कहा....

''तुम चाहो तो हम लिव इन में रह कर एक दूसरे को जान समझ सकते है, प्रकाश को तलाक देने के बाद''

''मगर ये तो प्रकाश के साथ बहुत गलत होगा न?''

''किसी के सही होने से दूसरा गलत ही हो ये जरूरी तो नहीं, सोच लो मुझे कोई जल्दी नहीं''

मन में ये दुविधा लिये अगले दिन नैना ने सुमन को अपना सब हाल कह सुनाया।

"वाह नैना बधाई हो, अब तो तू भी टू टाइमिंग खेल रही है। प्रकाश को बता दिया?"

"नहीं यार उन्हें कुछ नहीं पता"

"तो परेशानी क्या है? खेलती रह मेरी तरह"

"नहीं यार भले ही मैं प्रकाश से प्यार नहीं करती और वो, उनका तो कुछ पता नहीं....पर मैं उन्हें धोखा नहीं देना चाहती।"

"तब तो एक ही रास्ता बचा है साफ साफ बता दे प्रकाश को और तलाक ले ले। फिर आराम से आनंद के साथ लिव इन में रह सकती है।"

"पर यार सुमन, अगर बाद में भी आनंद ने मुझसे शादी नहीं की तो क्या होगा?"

"कमऑन यार, इतनी अच्छी जॉब है, आंटी जी की वसीयत है। आनंद नहीं तो कोई और मिल जाएगा, फिर मैं तो हूँ ही कुछ भी चाहिए तो।"

पता नहीं क्यों मन को संतुष्टि नहीं हुई। विचार मग्न जब नैना घर पहुँची तो ऐसा लगा कि कुछ तो हुआ है। जल्द ही सारा माजरा समझ में आ गया। दीपक हॉल में अपराधी की तरह सर झुकाये खड़ा था और प्रकाश उसे डांट रहा था। दीपक के बैग से सिगरेट का एक पैकेट क्लास टीचर ने पकड़ लिया और चुपचाप प्रकाश को बता दिया था। प्रकाश लगातार चिल्ला रहा था।

"बता बता बता, वो पैकेट तेरे बैग में कहां से आया? इसका मतलब तूने पी के भी देखी होगी? बोलता क्यों नहीं? अगर तेरा टीचर प्रिंसिपल को बता देता तो पता है क्या होता? अरे स्कूल से

निकलवा देता तुझे.....मैं, तेरी भाभी, सब कितनी मेहनत कर रहें है ताकि तू कुछ काबिल बन जाए मगर तू....."

कहकर जैसे प्रकाश ने हाथ उठाया सासु माँ ने उनका हाथ पकड़ लिया।

"मार ही डालेगा क्या? छोड़ इसे....मैं तो अनपढ़ हूँ कुछ समझ नहीं सकती मगर बहू तो ध्यान रख सकती थी पर उसे भी टीम टाम करके ऑफिस जाने से फुर्सत नहीं। खैर, ये तो इतनी लापरवाह है कि अपनी माँ को भी....."

इससे पहले कि वो कुछ बोलती प्रकाश ने उन्हें चुप करा दिया, मगर उसे चुप नहीं करा सका।

"मैं अपनी माँ को भी? मतलब क्या है इसका? मैं दीपक की भाभी हूँ माँ नहीं। अपनी गलती के लिये मुझे सुनाने वाली आप होती कौन है?"

प्रकाश जबरदस्ती उसे खींच कर कमरे में ले गया। आज उसने जी भर के प्रकाश को सुनाया। पर प्रकाश चुपचाप आंखें बंद कर के लेटा रहा। उसकी बेरुखी ने नैना की दुविधा को आसान बना दिया। उसने निर्णय कर लिया कि कल ही वह आनंद के साथ यह शहर छोड़ देगी। उसने एक चिठ्ठी में लिख दिया कि....

"मैं तुम्हें छोड़ कर जा रही हूँ। मुझे ढूँढने की कोशिश मत करना। एकाध महीने में तलाक का नोटिस भिजवा दूँगी और तुम्हें भी इस निरर्थक रिश्ते से आजाद कर दूंगी।"चिठ्ठी लिख कर उसने उसे प्रकाश के बैग पर रख दिया।

सारी रात करवटें बदलते निकल गई। एक करवट पर आनंद के साथ हसीन जिंदगी दिखाई देती तो दूसरी तरफ प्रकाश का चेहरा। वो गहरी नींद में सो रहा था उसके शांत चेहरे पर सुकून का भाव था। बेशक वो कभी भी आनंद की तरह प्यार नहीं जता सकता पर

उसने अपनी तरफ से उसे कभी कोई दुख नहीं दिया। क्या हो रहा है नैना को? वह ऐसा क्यों सोच रही है? नैना को इस बंधन में बाँधने वाली उसकी माँ तो इस दुनियाँ में नहीं रही, आखिर वह इस रिश्ते के बोझ को क्यो ढोए? एक तरफ रात बहुत बड़ी मालूम हो रही थी तो दूसरी तरफ सुबह बहुत पास महसूस हो रही थी।

वह रोज की तरह उठकर, तैयार होकर घर से निकली पर आज सड़क से इस घर को देखते हुए अजब सी अनुभूति हो रही थी। जैसे.....जैसे जिस्म का कोई हिस्सा यहीं कट कर गिर गया हो। तेज कदमों से आगे बढ़कर उसने आनंद को फोन लगाया....

"हैल्लो आनंद मैंने सोच लिया है। मैं तुम्हारे साथ लिव इन में रहने को तैयार हूँ। मैं प्रकाश को तलाक दे दूंगी। तुम ऑफिस से कुछ दिनों की छुट्टी ले लो। हम कुछ दिनों के लिये यहाँ से दूर चले जायेंगे।"

"दैट्स ग्रेट नैना, वैसे मैं अभी कॉल पर हूँ, शाम को पांच बजे ऑफिस के पास वाले मैट्रो स्टेशन पर मिलता हूँ।"

आनंद की इतनी ठंडी प्रतिक्रिया से वह आशंकित थी। जाने को तो वह आज भी ऑफिस जा सकती थी पर वहाँ वह जाना नहीं चाहती थी इसलिये थोड़ी दूर के एक रेस्टोरेंट में जा कर बैठ गई। अभी तो ग्यारह भी नहीं बजे है पांच बजे तक का समय कैसे कटेगा? सामने वाली टेबल पर बैठा शख्स उसे कुछ जाना पहचाना मालूम हुआ। अरे ये तो डॉक्टर अंकल है। उसे देख कर वो उसके पास आये और बोले...

"नैना, कैसी हो बेटी?"

"नमस्ते अंकल"

"नमस्ते नमस्ते, कैसी हो?"

"ठीक हूँ बैठिये न"

"घर में सब ठीक है? प्रकाश कैसा है?"

"सब ठीक है"

"निर्मला जी के जाने के बाद मुझे भी तुम्हारी बहुत फिक्र थी पर जिस तरह प्रकाश ने तुम्हारी और घर की जिम्मेदारी उठाई,आज के जमाने में बेटे भी नहीं करते।"

प्रकाश की तारीफ सुनकर न जाने क्यों उसे भी अच्छा लगा।

"वैसे अंकल, मेरी माँ को हुआ क्या था? आपने उस समय भी नहीं बताया था।"

"तुम्हारा तो रो रोकर बुरा हाल था पर मैंने प्रकाश को तो बताया था। क्या उसने तुम्हें कुछ नहीं बताया?"

"नहीं तो"

"अरे पता नहीं कैसे उस दिन उन्होंने इंसुलिन की डबल डोज ले ली थी और उनका शुगर लेवल बहुत कम होने की वजह से उनकी जान चली गई। खैर जो हुआ सो हुआ, प्रकाश बहुत अच्छा लड़का है। निर्मला जी से जब भी मिलता वो यही कहती बस नैना का घर बसा रहे। अच्छा बेटी अब मैं चलता हूँ, दूसरे क्लीनिक का समय हो गया है।"

"जी अंकल नमस्ते"

"सदा सुहागन रहो बेटा"

वह स्तब्ध सी खड़ी खड़ी सोच रही थी कि क्यों उसकी माँ ने इंसुलिन की डबल डोज ली होगी, शायद वह इसका जवाब जानती तो थी पर मानना नहीं चाहती थी। सोच सोच कर गला रुंध गया था, आंसू झरने लगे थे इसलिये वह वाशरुम जा कर थोड़ा फ्रेश हो गई। डेढ़ बज चुके थे। इस सब बातों से ध्यान हटाकर उसने सोचा क्यों न पास वाले मॉल में जाकर शॉपिंग कर ली जाए। घर से तो

कुछ भी पैक नहीं किया था उसने, नये रिश्ते में जाने के लिये नए कपड़े तो होने ही चाहिए।

मॉल में अच्छी खासी चहल पहल थी, वह एकाध शोरुम में घुसी भी मगर कुछ पसंद नहीं आया। तभी उसने देखा कि एकांत कोने में एक लड़का लड़की कुछ ज्यादा ही उन्मुक्त व्यवहार कर रहे थे और सभी देखने वालों के लिये आकर्षण का केंद्र बने हुए थे। वह सोचने लगी "ये क्या? ये तो सूरज है, पर साथ मे लडकी कौन है?" वह अनदेखा कर आगे बढ़ गई। ये बात तो उसे सुमन को बतानी चाहिये।

"हैलो सुमन"

"हैलो नैना, क्या बात है? कुछ परेशान सी लग रही है"

"तू मेरे ऑफिस के पास वाले मॉल में, आ जा तभी बताऊंगी"

"पर हुआ क्या?"

"तू आ तो सही"

"ठीक है आधे घंटे में पहुँचती हूँ।"

पर जब तक वो आयी सूरज वहाँ से निकल चुका था। एक ओपन रेस्टोरेंट में बैठ कर उसने पहले लंच ऑर्डर किया फिर बोली....

"अब बता क्या हुआ?"

"तुझे पता है अभी यहाँ सूरज था"

"तो क्या हुआ?"

"तुझे पता है वो किसी लड़की के साथ कुछ ज्यादा ही क्लोज हुआ जा रहा था।"

"तो क्या हुआ?"

"अरे यार तू इतनी बेफिक्री से कैसे बोल सकती है। क्या सूरज और तू आपस में प्यार नहीं करते?"

"प्यार...प्यार (जोर से हँसते हुए) ये प्यार व्यार तुम जैसे गंभीर और बोर जैसे लोगों के लिये है और मेरे लिये तो ये सब इंद्रधनुष की तरह है। मेरी जिंदगी में तो सब तरह के रंग होने चाहिए। वैसे भी सूरज की जगह कोई और आ गया है।"

उसका मुँह अचरच से खुला का खुला रह गया। फिर वह बोली.....

"खैर तू बता तेरा क्या चल रहा है? कुछ डिसाइड किया या नहीं?"

"आज शाम मैं और आनंद कुछ दिनों के लिय शहर छोड़ कर चले जायेंगे"

कहते कहते उसका उत्साह बहुत क्षीण हो गया था।

"वाऊ, प्रकाश को पता है?"

"हां एक चिठ्ठी छोड़ आयी हूँ उनके बैग पर, अब तक तो उन्होंने पढ़ भी ली होगी "

"तो उसने तुझे फोन नहीं किया? कुछ कहा नहीं?"

"यही तो बात है, बात करना ही तो नहीं जानते प्रकाश, वैसे भी उन्हें मेरी क्या फिक्र है? उनके पास समय ही कहां? खैर....."

"सॉरी यार नैना, पुनीत का फोन है लगता है घर आ गए है। मैं चलती हूँ प्लीज़ यार बिल देख लेना।"

अपना बचा खुचा खाना निपटा कर उसने बैरे को आवाज दी। 375/− रुपये का बिल था जो उसने पे कर दिया। ये क्या उसके बैग में ये कागज कैसा है? अरे ये तो वही कागज है जो उसने प्रकाश के बैग पर रखा था। ये उसके बैग में कैसे आया? हो सकता

है प्रकाश ने इसे उसका जरुरी कागज समझ कर बिन पढ़े उसके बैग में डाल दिया हो। उसने सोचा, इसका मतलब, इसका मतलब प्रकाश को कुछ पता ही नहीं। आधा घन्टा ही बचा है आनंद भी आता ही होगा। उसे जल्दी ही मैट्रो स्टेशन पहुँचना होगा। कुछ सोचने समझने का वक्त ही कहां बचा है अब? ठीक पांच बजे उसने आनंद को फोन किया तो उसने आधे घंटे रुकने के लिये बोला। साढ़े पांच बजे तक तो वह घर पहुँच जाती थी। उसने फिर फोन किया तो उसने आधा घंटा और रुकने को कहा। वह अधीर होती जा रही थी इस तरह करते करते सात बजने जा रहे थे। अबकी बार उसने गुस्से में आनंद को फोन किया.....

"और कितना वेट करूँ? सात बज गये तुम्हें आना भी है या नहीं?"

"तो मैं क्या करूँ, एक तो तुमने अपनी मर्जी से आज का प्लान बनाया वो भी मुझसे पूछे बिना। तुम्हारे अलावा भी तो और काम है मुझे, समझी? और अगर, और इंतजार नहीं होता तो घर चली जाओ फिर कभी का प्लान बना लेंगे।"

उसने पूरी बात सुने बिना ही फोन काट दिया। ऐसी तल्खी की उसे आनंद से बिल्कुल उम्मीद नहीं थी। उसके ऐसे व्यवहार से नैना के आत्मसम्मान को बहुत ठेस पहुँची और वह वहीं रोने लगी। उसे कुछ समझ नहीं आ रहा था कि वह करे तो क्या करे? कहाँ जाए? पर एक बात तो तय थी कि आज आनंद से, उसके व्यक्तित्व से उसका मोह भंग हो चुका था। वह वहीं बैठी रोने लगी।

"घर नहीं चलना क्या?"

"प्रकाश तुम"

"इतनी देर हो गई तो मैं तुम्हें लेने आ गया, पर तुम रो क्यों रही हो? क्या मुझे अकेला छोड़ कर जाना चाहती हो?"

"नहीं"

"तो चलो अब घर चलें"

प्रकाश ने उसके आँसू पोंछ कर उसे हृदय से लगा लिया। उसके हृदय से लग कर ऐसी ठंडक नैना ने पहले कभी महसूस नहीं की थी, उसका मन करता था कि प्रकाश मे समा जाए। उस एक पल में एक नये एहसास का अँकुर फूटा। उसके मन में संतोष सा था कि शायद यह अँकुर प्रेम का ही हो, "संभवत प्रेम का"

उलझन

प्रोफ़ेसर शास्त्री की फेयरवेल पार्टी में सभी उदास थे खासकर मेघा जिसका रो रोकर बुरा हाल था। चाहे कार्यालय की कोई समस्या हो पारिवारिक......वे अपने स्टाफ के हर सुख दुख के साथी थे। सबसे बड़ा सहारा तो वे मेघा के लिए थे जो उनकी निजी सचिव थी। मेघा की नौकरी लगने, शादी होने, माँ बनने और फिर असमय विधवा होने....मेघा की जिंदगी का हर महत्वपूर्ण पड़ाव उन्होंने बारीकी से देखा था। उनके अधीन चौदह साल काम करते हुए उसे कभी लगा ही नहीं कि वह सरकारी नहीं अपितु अस्थाई कर्मचारी है, यहाँ तक कि मेघा के बेटे अतुल को भी दून बॉर्डिंग स्कूल में दाखिला उनकी सिफारिश पर ही मिला था। रिटायर होकर वे सरकारी आवास छोड़कर देहरादून स्थित अपने बंग्ले में जा रहे थे।

ऐसा नहीं था कि मेघा अनाथ थी। उसके माता–पिता इसी शहर में रहते थे किंतु वे सदा अपने बेटे बहुओं की समस्याओं में ही लगे रहते और वह उन्हें अपनी तरफ से परेशान करना नहीं चाहती थी, कहने को तो उसके ससुर, देवर देवरानी भी पास ही रहते थे पर उनसे तो कोई भी उम्मीद रखना बेमानी ही था। ले देकर उस एक फ्लैट का ही सहारा था जो उसके पति छोड़ गए थे।ऑफिस में कानाफूसी चल रही थी कि पता नहीं नया बॉस कैसा होगा? सोमवार को प्रोफ़ेसर शास्त्री चार्ज देने वाले थे।

रविवार की रात उसके लिए बहुत लंबी गुजरी। रोज की तरह उसने अतुल से बात की, अपना पसंदीदा धारावाहिक भी देखा पर उसके मन की बेचैनी शांत ही नहीं हो रही थी। उसे ऐसा लग रहा था कि एक बार फिर वह अकेली और बेसहारा होने वाली है। वह अलमारी में रखी वीरेन की तस्वीर को सहलाने लगी। कभी–कभी

सूखे जख्मों को खुजलाने से भी आनंद मिलता है। 'प्रेम' का अर्थ जानने से पहले ही वीरेन उसकी जिंदगी में आ गया और 22 साल की उम्र में ही उसकी शादी हो गई। वीरेन उससे उम्र में सात साल बड़ा था। वीरेन उसे टूटकर प्यार करता था। एक साल बाद ही अतुल पैदा हो गया। सब कुछ इतनी तेजी से हो रहा था कि मेघा बस जिंदगी की धारा में बहती जा रही थी। नौकरी, घर, बच्चा सब कुछ वीरेन का हाथ थामे—थामे वह अच्छी तरह निभाती जा रही थी। जरुरत से ज्यादा खुशियाँ अक्सर डरावनी होती हैं। मेघा भी अपनी ही खुशियों से डरने लगी थी और उसका डर सही भी साबित हुआ।

अतुल के पाँचवें जन्मदिन पर मेघा ने घर पर एक छोटी सी पार्टी रखी हुई थी। सब केक काटने के लिए वीरेन का इंतजार कर रहे थे, किंतु वीरेन नहीं आया....आई तो एक मनहूस खबर कि वीरेन सड़क हादसे में मारा जा चुका है। उस दिन की कल्पना ने उस क्षण को जैसे जीवंत कर दिया और वह वीरेन की फोटो को कलेजे से लगा कर झूठी तसल्ली पाने लगी। एकांत में बहाए आँसू ही तो शत प्रतिशत अपने होते हैं, भीड़ में लुटाई मुस्कान भी उधार की होती है। खुद ही उसने अपने आँसू पोंछे, पानी पिया और सोफे पर बैठ गई। टीवी अब भी चल रहा था और उसे देखते—देखते वह वहीं सो गई।

सोमवार भी आखिर आ ही गया। हाँलाकि प्रोफ़ेसर शास्त्री ने उसके और अपने निजी स्टाफ की सिफारिश नये बॉस से कर दी थी फिर भी मेघा को डर था कि कहीं वो नये सिरे से अपना स्टाफ न रख ले। यदि ऐसा हुआ तो वह बिल्कुल असहाय हो जाएगी, फिर अतुल का क्या होगा? इसी सब उधेड़बुन में वह ऑफिस पहुँची। प्रोफ़ेसर शास्त्री प्रोफ़ेसर सपन भारद्वाज को चार्ज दे रहे थे। मेघा शास्त्री जी का सामान उठाने में मदद करने लगी। उसको अपने पास बिठा कर वे बोले....

"लुक मेघा, मैं जानता हूँ तुम मेरे जाने से बहुत परेशान हो, पर

मुझे जाना तो होगा ही। सपन अच्छा आदमी है और समझदार भी। मुझे उम्मीद है कि उसके साथ काम करने में तुम्हें कोई परेशानी नहीं होगी।"

मेघा ने रुआँसी आँखों के साथ सर हिला कर स्वीकृति दी।

लगभग सारा सामान गाड़ी में रखा जा चुका था। जाते वक्त इशारे से प्रोफ़ेसर शास्त्री ने मेघा को अपने पास बुलाया।

"जाने से पहले बस इतना ही कहूँगा कि मैं तुमसे बस एक फोन की दूरी पर हूँ और इस जिंदगी में कुछ भी करना तो अपनी खुशी से करना अपनी मजबूरी से नहीं....ये नौकरी भी...तुम समझ गई न मेघा?"

प्रोफ़ेसर शास्त्री की कार आँखों से न ओझल हो गई मेघा तब तक उसी दिशा को ताकती रही।

नये बॉस ने पुराने स्टाफ को ही अपना निजी स्टाफ बना लिया था जिसमें मेघा के अलावा, ड्राईवर रमेश, चपरासी मदन और कम्प्यूटर ऑपरेटर विशाल था। उनके कमरे में ही जान पहचान का औपचारिक कार्यक्रम चल रहा था।

"अच्छा....तो तुम्हीं कहो मेघा"

प्रोफ़ेसर शास्त्री तुम्हारी बहुत प्रशंसा कर रहे थे।

"अरे साहब इनकी तो हर कोई ही तारिफ करता है, मेघा जी हैं ही तारीफ के काबिल"

विभाग के श्यामसुंदर वर्मा जो सेक्शन ऑफिसर थे, उन्होंने नये बॉस की बात लगभग काटते हुए कहा।

"माफ कीजिए सर, विभाग के सभी लोग हमें ही रिपोर्ट करते हैं...ऑफिस का काम...अनुशासन सब हम ही ध्यान रखते हैं....कुल मिलाके सेवक आदमी हैं हम तो"

"गुड, वैरी गुड"

"सर कल हम सब मिलकर आपको एक छोटी सी वेलकम पार्टी देना चाहते हैं। हमें बहुत खुशी होगी अगर आपकी मैडम भी पार्टी में आएँ तो। वैसे मैंने कल के लिए सारी तैयारियाँ भी कर ली है...कुल मिलाकर सेवक आदमी हैं हम तो"

"नहीं सर प्लीज"

सबने एक सुर में कहा। मेघा ने पहली ही मुलाकात में एक बात नोट की थी कि प्रोफ़ेसर सपन बात करते–करते मेघा को देखने लग जाते। बात वो किसी और से कर रहे होते पर घूम फिर कर उनकी नजर उस पर ही आ टिकती। सब कुछ बहुत अजीब था।

अगले दिन नये बॉस की वेलकम पार्टी की थी। उनकी पत्नी सुनंदा और 2 साल की बेटी रियांशी थोड़ी देर बाद अलग पोर्श कार से आए, साथ में रियांशी की नैनी भी थी। सुनंदा मैडम का रौब देखते ही बनता था। वर्मा जी बता रहे थे सुनंदा जी उसी संस्थान के डायरेक्टर की इकलौती बेटी थी जिसके अंडर उन्होंने अपनी पी.एच.डी. की थी और वह अपने पिता के साथ मुम्बई में रहती थी।

पार्टी शुरू होने की सूचना देने जब मेघा उनके कमरे में पहुँची तो उसने देखा प्रोफ़ेसर सपन रियांशी को बॉटल फीड करा रहे थे। उसकी नैनी रियांशी की बकेट संभाल रही थी और सुनंदा मैम फोन पर कुछ देख रही थी। यह दृश्य देख मेघा को हँसी भी आई और हैरानी भी पर उसे घर में प्रोफ़ेसर सपन की हैसियत का अंदाजा तो जरूर हो गया। औपचारिकता के लिए उसने दरवाजा खटखटाया और पार्टी शुरू होने के बारे में सूचित किया। एक और दिन सकुशल बीत गया। धीरे–धीरे प्रोफ़ेसर सपन ऑफिस मे कामों मे रुचि लेने लगे और मेघा यथासंभव उनकी सहायता करने लगी। प्रोफ़ेसर सपन बार–बार मेघा को बुलाने के लिए अपने रूम की बेल बजाते।

चपरासी मदन बार–बार सबके सामने कहता...

"मेघा मैम....सर बुला रहे हैं"

सब की नजरें एकाएक मेघा की ओर जाती और उन नजरों में कई सवाल होते। मेघा भी इस सबसे बड़ी असहज होती। आखिर उसने प्रोफ़ेसर से कह ही दिया....

"सर मैं यहीं रूकती हूँ थोड़ी देर, आपको जो पूछना हो पूछ लीजिएगा"

"क्यों? क्या हुआ मेघा?"

"एक्चुअली....बार–बार सबके बीच से उठ कर आना बड़ी अजीब लगता है"

"हम्म....अच्छा....ok मैं समझ गया....मेघा तुम जाओ...और हाँ जरा मदन को भेज देना।"

मेघा चुपचाप अपनी सीट पर आकर बैठ गई पर अब भी बाकी लोगों की नजरें उस पर ही थी। थोड़ी देर बाद मदन मुस्कुराते हुए बॉस के कमरे से निकला।

"क्या हुआ मदन? इतने दाँत क्यों फाड़ रहे हो?"

"सर ने कारपेंटर बुलाया है"

"कारपेंटर....क्यों?"

"अब मेघा मैम का भी केबिन बनेगा....वो भी सर के रूम के अंदर"

"वाह भई वाह....मेघा मैडम की तो तरक्की हो गई"

वर्मा ने कटाक्ष करते हुए कहा। पास बैठी नीलिमा ने उंगली के इशारे उसे चुप करा दिया।

मेघा सब के चेहरों के हाव भाव अच्छी तरह पढ़ पा रही थी। वह क्रोध में उठी और सीधे प्रोफ़ेसर सपन के रूम में चली गई।

"सर....मुझे केबिन नहीं चाहिए"

"क्यों? क्या हुआ? बड़ी अजीब हो मेघा। कभी कहती हो तुम्हें बाहर से बार—बार आना अच्छा नहीं लगता और अब कह रही हो कि अंदर भी नहीं बैठना। आखिर बात क्या है? किसी ने कुछ कहा है तुमसे?"

मेघा बताती भी तो कैसे.....उसने चुपचाप टेबल पर रखी फाईल उठाई और चली गई।

बाहर बैठा वर्मा, उसका पिछलग्गू दाताराम अब भी खुसुर—पुसुर कर रहे थे। इसी श्यामसुंदर वर्मा ने पिछले पांच सालों में कितनी बार मेघा पर चांस मारने की कोशिश की, यहाँ तक कि उसके खराब चाल चलन की अफवाह प्रोफ़ेसर शास्त्री तक भी पहुँचा दी थी। वैसे भी समाज अकेली औरत को तो सबकी सहेली समझता है। हर कोई मदद या सहानुभूति के बदले बस अपनी रोटियाँ सेंकना चाहता है।

"अरे मैडम जी....आप ज्यादा परेशान मत हों....मतलब...मैं नए बॉस का मतलब अच्छी तरह समझ रहा हूँ....हम सब अभी जाकर कह देते हैं कि हमारी मेघा मैडम को हमारे पास ही बैठने दो...वैसे भी सेवक आदमी हैं हम तो"

मेघा ने घृणा से मुँह फेर लिया और नीलिमा के साथ बाहर निकल गई और एकांत में जाकर उसे सारी बात बताई।

"हम्म...तो तुझे लगता है कि बॉस हमेशा तुझे देखता रहता है और इसलिए तेरा केबिन अंदर बनवा रहा है"

"हम्म...मुझे ऐसा ही लगता है"

"तेरा दिमाग खराब है और कुछ नहीं...अरे...तू उनकी पी.ए. है। कायदे से तो तेरा केबिन उनके रूम में ही होना चाहिए। बाकी किसी के बारे में मत सोच और अपने काम से काम रख...Ok

नीलिमा की बातों से मेघा को बहुत शांति मिली। अब मेघा अपने केबिन में बैठने लगी। वह अधिकतर अपने काम में ही लगी रहती पर जब भी किसी काम से उठती, न चाहते हुए भी उसकी नजरें बॉस से टकरा जातीं और वह झेंप जाती। दिन यूँ ही बीतने लगे।

कुछ दिनों से वर्मा नए बॉस को शीशी में उतारने की पूरी कोशिश कर रहा था। जब तब वह किसी बहाने से बॉस के कमरे में आ जाता और मेघा की तरफ देखकर न जाने क्या खुसुर-पुसुर करता। मेघा को इतना आभास तो हो ही गया कि वह पहले की तरह बॉस को उसके खिलाफ भड़का रहा है पर फिर भी वह चुपचाप काम करती रही।

एक दिन सपन ने किसी काम के लिए मेघा को बुलाया। जब वह जाने लगी तो सपन ने कहा....

"जरा रुको"

"जी सर"

"मैं तुमसे कुछ पूछ्ना चाहता हूँ... -If you don`t mind"

"जी"

"वो वर्मा से आपके बारे में पता चला....मुझे बहुत दुख हुआ तुम्हारे बारे में जानकर.....पर तुममें बहुत हिम्मत है। तुम अकेले अपने दम पर बेटे को पाल रही हो....I Am impressed"

"मेरे पास और ऑप्शन भी क्या है?"

"क्यों? तुम दोबारा शादी भी तो कर सकती थीं....मेरा मतलब है कि अब भी तुम जवान हो, खूबसूरत हो....फिर अभी तुम्हारी उम्र भी क्या है?"

मेघा के जी में तो आया कि साफ कह दे...आपको इस सब से क्या मतलब...पर उसने केवल इतना ही कहा।

"मैं अतुल के लिए सौतेला बाप नहीं लाना चाहती और वैसे भी मैं अपनी जिंदगी से खुश हूँ। सॉरी सर मुझे कुछ जरूरी काम हैं"

सपन की बात को वहीं काटते हुए वह फिर अपने केबिन में जा बैठी। पता नहीं क्यों उसे रह–रह कर रोना आ रहा था। उसे लग रहा था कि एक बार फिर किसी ने उसे उसके अधूरे होने का अहसास याद दिला है। घर आकर भी उसका मूड उखड़ा ही रहा।

वह शीशे के सामने बैठी नाईट क्रीम लगा रही थी कि अपने सामने वीरेन को देख हैरान हो गई। वीरेन उसे निहारते हुए मुस्कुरा रहा था फिर उसने मेघा के सामने प्रेम से अपनी बाहें फैला दी। क्षण भर बाद दोनों आलिंगन में बंध गए थे। वह धीरे–धीरे उसकी गर्दन चूमता हुआ आगे बढ़ रहा था। संकोचवश वह पीछे हटने लगी पर उसकी मजबूत बाहों का पाश उससे टूटते नहीं टूटता था। अपनी सारी हिम्मत समेट कर मेघा ने उसे धक्का दे दिया और वह बेड पर गिर पड़ा था किंतु ये क्या? वीरेन तो सपन बन चुका था। मेघा के चिल्लाते ही उसका वह अजीब सपना टूट गया। उसने अपने माथे से पसीना पोंछा और गर्दन को छुआ....ख्याब में ही सही...उन अधरों को स्पर्श अब भी ज्वलंत था।

नहीं ऐसा नहीं हो सकता....आखिर मैंने सपने में भी ऐसा कैसे सोचा... मैंने तो वीरेन के अलावा किसी के बारे में कभी नहीं सोचा। इतने सालों में तो ऐसा कभी नहीं हुआ.... नहीं.. नहीं ये गलत है... .पाप है...।

वह खुद में ही बड़बड़ाती रही। उस दिन वह ऑफिस भी नहीं गई। खुद को व्यस्त रखने के लिए वह घर और रसोई की साफ सफाई में मशगूल रही।

ऑफिस में आते ही सपन ने मेघा के बारे में पूछा....

"सर मेघा मैम ने आज की छुट्टी के लिए फोन कर दिया था।

उनकी तबियत खराब थी।"

"ठीक है मदन....तुम जाओ और जरा वर्मा जी को भेज दो"

"वर्मा जी....ये फाईल पेंडिंग क्यों है अब तक?"

"सर....ये तो मेघा मैडम ने ली थी नोटिंग के लिए,पर वो तो आज नहीं आयीं, बीमार हैं....अगर आप कहें तो घर जाकर उनका हाल चाल पता कर आऊँ?वैसे भी सेवक आदमी हैं हम तो"वर्मा ने खीसे निपोरते हुए कहा....

"नहीं....रहने दो"

ऑफिस से घर जाते वक्त प्रोफ़ेसर सपन मेघा के बारे में ही सोच रहे थे। मेघा का घर रास्ते में ही पड़ता था। मौसम ने भी अचानक करवट बदल ली थी। बादलों की गड़गड़ाहट शुरू हो गई थी....तेज हवा से पेड़ दोहरे हो रहे थे। मेघा का फ्लैट ग्राउंड फ्लोर पर ही था....छोटा सा गार्डन था फ्लैट से पहले..और गार्डन का गेट खुला हुआ था। प्रोफ़ेसर सपन ने ड्राईवर को वहीं रुकने का निर्देश दिया....हल्की–हल्की बूंदा–बांदी शुरू हो गई थी जो बढ़ती ही जा रही थी। सर को ढककर भागते हुए प्रोफ़ेसर सपन उसके गार्डन में पहुंचे तो मेघा को देखकर ठिठक गए। चारों तरफ से पौधों से घिरी मेघा घास पर आंख बंद कर के बैठी थी....इतनी तेज बारिश में भी वह स्थिर बैठी हुई थी। प्रोफ़ेसर सपन उसके उदास चेहरे के भावों को पढ़ना चाहता था। उसे लगा कि इन बूँदों ने उसके आँसुओं को पी लिया है और फिर वही आँसू आसमान से टपक रहे हैं या वो चाहती है कि इन बूँदों से अपना अंतरतम तक भिगो सके पर उसके सूखे उमंगहीन हृदय तक इस बारिश कोई बूँद नहीं पहुंच पा रही। ड्राईवर रमेश ने गाड़ी का हॉर्न बजाया तो प्रोफ़ेसर सपन अपनी तंद्रा में लौट आया। उसने मूर्ति बनी मेघा का एक नजर फिर देखा और दौड़कर गाड़ी में बैठ गया। वह जब भी आँख मूँदता उसे मेघा का

वही उदास चेहरा दिखाई देता जो उसे अपने अकेलेपन में साझीदार बनने का आमंत्रण दे रहा था।

अगले दिन प्रोफ़ेसर सपन जल्दी ही ऑफिस पहुंच गए। मेघा जब से आई थी, छींकी जा रही थी। उन्होंने उसे बुलाया और पूछा.....

"क्या हुआ?"

"कुछ नहीं सर"

"इधर आओ...." सपन ने अपनी हथेली उसके माथे पर रखी।

"तुम्हें तो बुखार है?"

"वो सर ऐसे ही...."

"इतनी भारी बारिश में बैठी रहोगी तो यही होगा। एक काम करो तुम घर जाकर आराम करो"

"आपको कैसे पता? क्या आप कल मेरे घर आए थे?"

"हाँ...पर वहाँ एक कप चाय तक नहीं मिली"

"सॉरी सर"

"कोई बात नहीं....तुम चाहो तो आज भी पिला सकती हो"

"जी?"

"रोज–रोज ऑफिस की चाय पी–पीकर बोर हो गए हैं क्यों न बाहर कहीं चाय पीते हैं साथ में तुम क्रोसिन भी ले लेना।"

मेघा सपन को सख्त लहजे में मना करना चाहती थी पर न कर पाई उसने ठान लिया था कि आज वह बॉस को साफ–साफ शब्दों में सब समझा देगी।

चाय पीते–पीते बात सपन ने ही शुरू की।

"मेघा....तुम चाहो तो अपने दुख दर्द मुझसे बांट सकती हो...मुझ

पर विश्वास कर सकती हो। देखो मेघा...मरने वाले के साथ में मरा तो नहीं जाता"

"पर उसकी यादों के सहारे जिया तो जा सकता है....पर मेरी जिंदगी में आप इतनी दिलचस्पी क्यों ले रहे हैं.... मैंने पहले भी कहा कि मैं खुश हूँ"

"वो तो मैं कल देख ही चुका हूँ...."

"मैं उदास रहूँ या खुश......इससे आपको क्या फर्क पड़ता है?"

"मुझसे तुम्हारा अकेलापन और उदासी देखी नहीं जाती"

"मगर क्यों?"

"मैं नहीं जानता तुम्हें देखते ही मुझे क्या हो जाता है? मैं जब तुम्हें देखता हूँ... मुझे इतना तेज आकर्षण इतना खिंचाव महसूस होता है कि न चाहते हुए मेरी आँखे तुम पर ठहर जाती हैं पता नहीं ऐसा क्यूँ होता है"

"तो आप आखिर चाहते क्या हैं?"

"मैं तुम्हारे दुख सुख का साथी बनना चाहता हूँ। In short तुम मुझे अपना दोस्त समझो"

"तो इसका मतलब आप भी....किसी अकेली औरत का फायदा उठाना चाहते हैं?"

"अकेला तो मैं भी बहुत हूँ मेघा....तुम्हें पता है कई साल तो पढ़ाई करने में ही चले गए और फिर मेरी हैसियत कहीं ऊँची सुनंदा जी से मेरी शादी हो गई। हम दोनों दो समानांतर रेखाओं की तरह साथ रहने और कभी न मिल पाने के लिए अभिशप्त हैं। पता नहीं किस क्षण में रियांशी हमारी जिंदगी में आयी। अगर मैं सुनंदा को छोड़ दूँ तो वो मुझे अपनी बेटी से कभी मिलने नहीं देगी। जैसे तुम अतुल के लिए जी रही हो मैं भी अपनी रियांशी के लिए सब निभा

रहा हूँ। देखा जाए तो मैं तुमसे भी ज्यादा तन्हा हूँ तुम्हारे पास कम से कम वो यादें तो हैं जिनके सहारे तुम जी सकती हो। मेरे पास तो वो भी नहीं"

मेघा को समझ नहीं आया इस स्थिति में वो क्या करे।

"सर आधे घंटे से ज्यादा हो गया...चलें?"

वर्मा और दातादीन की टेढ़ी नजरें बॉस और मेघा पर ही थी। घर पहुँचकर भी मेघा के कानों में प्रोफ़ेसर सपन के कहे शब्द गूँजते रहे। कभी उसे बॉस की हालत पर दया आती तो कभी दिल के किसी कोने में उमंग जगने लगती। उसने आज प्रोफ़ेसर शास्त्री से भी बात की जो उसकी आवाज की चहक को सहज़ ही समझ गए।

"क्या बात है मेघा....आज बहुत खुश लग रही हो"

"नहीं ऐसा तो कुछ नहीं"

"चलो कोई बात नहीं...मुझसे बेशक छिपा लो...खुद से मत छिपाना ok"

"हम्म....सर आप क्या कर रहे हैं"

"ऐज यू नो मेघा....मेरे आगे पीछे तो कोई है नहीं इसलिए मैंने एक ट्रस्ट बनाया है गरीब लोगों के इलाज के लिए। आजकल उसके काम में ही बिजी रहता हूँ। एक मैनेजर ढूँढ रहा हूँ जो मेरी काम में मदद कर सके।'

"कैसा मैनेजर चाहिए सर?"

"मैनेजर तो मैंने देख रखा है। वो आजकल प्रोफ़ेसर सपन का पी.ए. बना हुआ है।"

मेघा ये बात सुनकर हँसने लगी।

कुछ औपचारिक बातों के बाद मेघा ने फोन रख दिया। अगले

दिन लंच के समय मेघा ने नीलिमा को अब तक घटे घटनाक्रम के बारे में बताया।

"तो तूने क्या सोचा?"

"समझ नहीं आता..."

"तेरी कुछ अपेक्षाएँ हैं सपन से?"

"नहीं"

"तो सपन की क्या अपेक्षाएँ हैं तुझसे?"

"कुछ नहीं"

"जिस रिश्ते में अपेक्षाएँ न हों बस एक दूसरे का दुख दर्द और अकेलापन बांटने का भाव हो....मेरे ख्याल से इससे अच्छा रिलेशन कोई हो ही नहीं सकता।कहीं तू ये तो नहीं सोच रही कि लोग क्या कहेंगे? या अगर तूने बॉस को सख्ती से इनकार कर दिया तो तेरी नौकरी चली जाएगी?"

"कभी–कभी सोचती तो हूँ"

"मत सोच...ईश्वर तुझे एक बार फिर मौका दे रहा है....उसे हाथ से मत जाने दे। आती हुई खुशियों के लिए दिल के दरवाजे खोल दे"

नीलिमा की बातों ने उसे सोचने पर मजबूर कर दिया।

अब मेघा और सपन सिर्फ ऑफिस परिसर में ही बॉस और एम्प्लोयी थे पर ऑफिस के बाहर एक ही कश्ती पर सवार दो मुसाफिर।

मेघा और सपन अब एक साथ वक्त बिताने लगे। मेघा को ज्यादा बोलना अच्छा नहीं लगता था इसलिए सपन भी चुपचाप उसका हाथ थामे उसकी खामोशी बाँटता था। कभी वे मौन हो रात की

चाँदनी बाँटते तो कभी डूबते हुए सूरज का नारंगी आसमान। सपन की सहृदयता और प्रेम से मेघा का रहा सहा अपराध बोध भी जाता रहा। अक्सर सपन रात का खाना मेघा के घर पर ही खाता। एक दिन जाने क्या सोच कर मेघा ने सपन से पूछा...

"सपन ये सब कब तक चलेगा?"

"मतलब? जब तक तुम चाहोगी तब तक। तुम पूछना क्या चाहती हो?"

"मैं हमारे रिश्ते....मतलब इस दोस्ती का भविष्य जानना चाहती हूँ।"

"भविष्य आज तक किसने जीया है मेघा? तो उसकी चिंता क्यों करती हो?"

"पर फिर भी तुम कुछ तो सोचते होंगे?"

"पता नहीं....मुझे नहीं पता ये दोस्ती है, प्रेम है या क्या है?पर तुम्हारे बिना अब हर दिन अधूरा सा लगता है। तुम भी तो कुछ बताओ... तुम्हें क्या लगता है?"

"जाने दो वक्त आने पर जरूर बताऊंगी"

धीरे–धीरे उनकी नजदीकियों की सुलगन ऑफिस तक भी पहुंच गई। लोग उनके बारे में बातें बनाने लगे। सबसे ज्यादा परेशानी तो वर्मा को हो रही थी। जो औरत उससे सीधी मुँह बात तक नहीं करती थी, वह बॉस के साथ घूमे–फिरे, ये बात उसे सालती रहती थी।

एक दिन बॉस के साथ लंच करते वक्त उसने बड़े शातिरपने से कहा...

"सर...ये कढ़ी तो खोकर देखिए...वैसे कढ़ी तो मेघा मैडम भी अच्छी बनाती हैं... आपने तो खाई ही होगी"

"मतलब?   मतलब क्या है आपका?"

"नहीं...नहीं...बुरा मत मानिए...मैं आपसे दस साल बड़ा हूँ.... मैंने आपसे ज्यादा दुनिया देखी है...आप दोनों जवान हैं...अकेले हैं.....साथ हैं.....मेरा मतलब हैं इसमें कोई बुराई भी नहीं हैं"

"तो आप कहना क्या चाहते हैं?"

"देखिए मेघा अकेली औरत है....घूम फिर तो सबके साथ लेती है मेरे साथ भी खूब घूमी फिरी पर काबू में उसके ही आती है जिससे उसका मतलब पूरा होता हो"

"वर्मा...जबान संभाल के"

"साँच को आँच क्या....प्रोफ़ेसर शास्त्री ने ही इसके बेटे का एडमिशन कराया..... रुपये पैसे की मदद की....अब भी घंटों–घंटों बात होती है फोन पे। मैं तो आपका भला चाहता हूँ इसलिए आगाह कर दिया....उसके साथ की भारी कीमत चुकानी पड़ेगी.....फिर वैसे भी सेवक आदमी हैं हम तो"

सपन के जी में आया एक तमाचा मार कर वर्मा की बोलती बंद कर दे। फिर उसने सोचा कि वर्मा की बात की जांच करनी चाहिए। मेघा आज जल्दी घर चली गई थी। सपन ने उसे फोन किया....

"हैलो मेघा.."

"हाँ जी...."

आज मैं तुम्हें रोमांटिक नाईट आउट के लिए बाहर ले जाना चाहता हूँ...चलोगी?"

"पर सपन....ये सब.....क्यों?"

"बस....मन है....चलते हैं ना मजा आएगा"

ठीक नौ बजे सपन मेघा को मिला। उसने सुर्ख रंग की साड़ी

पहनी थी, एक बार को सपन उसे पहचान नहीं पाया।

पहले दोनों ने डिनर खाया....आज सपन कुछ चुप–चुप सा था, मेघा ने पूछा भी पर उसने कुछ बताया नहीं।

सपन ने कमरा नरू 101 की चाबी ली। यह खूबसूरत और रोमांटिक रूम था।

"ये सब क्या है? सपन"

"क्यों अच्छा नहीं लगा?"

"अच्छा है....पर पहले मैं तुम्हें कुछ दिखाना चाहती हूँ....उसने बैग में से एक लिफाफा निकाला और सपन की तरफ बढ़ाया। सपन ने उसे बिना पढ़े टेबल पर रख दिया।"

"एक्चुली मैं भी तुम्हें कुछ दिखाना चाहता हूँ....ये लो पचास हजार रुपये....तुम अतुल की एनुअल फीस के लिए परेशान थीं न कई दिनों से"

"वे थैंक्यू सपन....तुम नहीं जानते तुमने मेरी कितनी मदद कर दी। मुझे पांच दिन में बैंक से पैसे मिल जाएँगे तब मैं तुम्हारे पैसे वापिस कर दूँगी।"

खुशी से चहकते हुये उसने कई बार सपन का चेहरा चूम लिया पर सपन ने कोई प्रत्युत्तर नहीं दिया तो मेघा बोली....

"क्या हुआ?"

"इसका मतलब.....वर्मा ठीक ही कह रहा था। जब तुम पचास हजार के लिए इतना चहक रही हो तो अपने बाप की उमर के प्रोफ़ेसर शास्त्री के लिए तो तुमने क्या–क्या नहीं किया होगा"

"तड़ाक"

कुछ सोचने से पहले ही मेघा एक जोरदार तमाचा सपन को मार

चुकी थी। सपन के मुँह से अपने लिए इतनी कड़वी बात सुनकर मेघा हिकारत से भर उठी उसने पचास हजार रुपये उसके मुँह पर मारे और रोती हुई कमरे से बाहर चली गई। क्षण भर में सब कुछ बदल चुका था। सपन सर को हथेलियों में भींचे वहीं बैठ गया तभी उसने टेबल पर पड़ा वह लिफाफा देखा जो मेघा दिखाने वाली थी। उसने बेमन से उसे खोला उसमें लिखा था...

"प्यारे सपन....मेरी बंजर जिंदगी को प्रेम से उर्वर बना देने के लिए तुम्हारा धन्यवाद। मैं जानती हूँ कि तुम इस रिश्ते में आगे बढ़ना चाहते हो....मुझे भी इससे कोई आपत्ति नहीं। मैं इसे अपनी खुशी से आगे बढ़ाना चाहती हूँ अपनी मजबूरी से नहीं। हमारा रिश्ता बराबरी का हो इसलिए मैं नौकरी से इस्तीफा दे रही हूँ। अतुल के पास रहकर ही नौकरी करूँगी ताकि कोई ये न कह सकें कि किसी लालच या दबाव के कारण मैं तुम्हारे साथ हूँ मैंने वीरेन से प्रेम पाया जरुर पर अब मैं प्रेम करना चाहती हूँ.....केवल तुमसे"

मेघा का इस्तीफा और पत्र पढ़कर सपन का सिर घूमने लगा। वह पागलों की तरह होटल में भागता फिर रहा था मेघा को खोजने .... आख़िर एक गलती की वजह से वह अपने जीवन में आए "संभवत प्रेम" को खो तो नहीं सकता था.......!!